LE
CATÉCHISME
DU GENRE HUMAIN.

LE CATECHISME

DU

GENRE HUMAIN,

QUE, *sous les auspices de la Nature & de son véritable auteur, qui me l'ont dicté, je mets sous les yeux & la protection de la* Nation Françoise *& de l'Europe éclairée, pour l'établissement essentiel & indispensable du véritable* ordre moral, *& de l'éducation sociale des hommes, dans la connoissance, la pratique, l'amour & l'habitude des principes & des moyens de se rendre & de se conserver heureux les uns par les autres.*

Dic mihi, vere Deus, quæ sit sapientia Regum
Prava impostorum, non tua jussa, sequi?

Vrai Dieu, dis-moi quelle est la sagesse des Rois
De préférer l'imposture à tes loix?

1789.

ERRATA.

Page 30, ligne 5, qu'ils, lifez qu'il.
Page 37, ligne 3, partagées & appropriées, lifez partagé
      & approprié.
Page 42, ligne 19, il n'eft, lifez il n'eft pas.
Page 51, ligne 11, emparés, lifez emparé.
Page 69, ligne 5, la juftice, lifez fa.
Page 121, ligne 8, umieres, lifez lumieres.
Page 125, ligne 10, reftant, lifez reftantes.
Page 186, ligne 5, on, lifez ou.

Nota. Cet ouvrage a été livré à l'impreffidh deux mois avant la miraculeufe & à jamais mémorable journée de l'enlévement de la Baftille.

Puiffances du Ciel ! qui venez d'affranchir pour jamais la Nation Françoife du plus honteux efclavage & des perfécutions infernales des monftres de l'humanité, fes tyrans, achevez votre ouvrage ; que ce triomphe pour fa liberté ne foit point féparé du triomphe de la véritable lumiere, fans laquelle l'homme ne fauroit en faire ufage que pour fon malheur !

LE CATÉCHISME

DU

GENRE HUMAIN,

Pour l'éducation sociale, suivant le véritable ordre moral.

Je suis né pour travailler au bonheur de mes semblables.

PREMIERE PARTIE.

CHAPITRE PREMIER.

Introduction des Eleves dans les écoles publiques.

DEMANDE.

Qui vous a conduit ici ?

RÉPONSE.

C'est ma mere.

A 2

DEMANDE.

Pourquoi faire ?

RÉPONSE.

Pour apprendre à travailler au bonheur de mes semblables (1).

CHAPITRE II.

Du bonheur de l'Homme social, & des moyens de l'acquérir.

DEMANDE.

EN quoi faites-vous consister le bonheur de vos semblables ?

---

(1) Ici on prend les noms de la mere & de l'enfant, que l'on porte sur le rôle ; on introduit l'enfant dans l'attelier ; on l'incorpore dans la classe des enfans de son âge, pour être documenté, exercé & occupé par les mieux instruits des classes supérieures, sous l'inspection des vieillards les plus zélés & les mieux instruits.

RÉPONSE.

Dans la fanté, la force & l'adreffe du corps ;
la paix & le contentement de l'ame, & dans le néceffaire pour la vie la plus frugale.

DEMANDE.

Quels font les moyens d'acquérir la fanté, la
force & l'adreffe du corps ?

RÉPONSE.

Ce font les exercices, les travaux, les épreu-
ves & le régime de vie le plus frugal & le plus
fain.

DEMANDE.

Quels font les moyens d'acquérir & de conferver la paix & le contentement de l'ame ?

RÉPONSE.

Il y en a trois principaux :

Le premier, c'eft d'apprendre & de m'accou-
tumer de bonne heure à apprécier à leur jufte
valeur les poffeffions, les jouiffances & les
plaifirs de cette vie paffagere, qui ne font rien
dans l'immenfité des temps & de l'efpace ; c'eft

de n'en defirer & de n'en faire ufage que pour le bonheur de mes femblables.

Le deuxieme, c'eft d'employer toutes les facultés de mon ame & de mon corps, jufqu'à extinction de ma vie, pour voler au fecours de mes femblables dans tous les cas poffibles.

Le troifieme, c'eft de me livrer avec le plus grand zele & pour l'amour de mes femblables, à tous les genres de fonctions, d'exercices & de travaux qui me feront commandés par ceux de mes femblables qui feront d'une claffe fupérieure à la mienne.

DEMANDE.

Quels font les moyens de fe procurer le néceffaire pour la vie la plus frugale?

RÉPONSE.

Ce font l'étude, la connoiffance & la pratique des fciences & des arts, afin de faire produire à la terre de quoi nourrir mes femblables, & à mon induftrie de quoi les garantir des injures & de la rigueur des faifons, de l'infalubrité de l'air, des incommodités & généralement de toutes les caufes capables de nuire à leur fanté & à leur contentement.

DEMANDE.

Pourquoi dites - vous pour la vie la plus frugale ?

RÉPONSE.

Parce que la frugalité n'exprime que le vrai terme des besoins , pour cette vie passagere , & que par-delà ce terme on ne peut concevoir qu'excès préjudiciables à la santé & au contentement de mes semblables.

DEMANDE.

Ce terme , pour les besoins de la vie , doit-il être le même pour toutes les classes ?

RÉPONSE.

Non ; il faudra qu'il soit réglé selon les âges, les tempéramens, le genre d'exercice, de fonction & de travail, tous relatifs à la sûreté, à la commodité , à l'agrément de toutes les classes individuellement.

DEMANDE.

Quels sont les moyens de se procurer la sûreté,

les commodités & les agrémens individuels de toutes les claſſes ?

RÉPONSE.

C'eſt d'en élever chaque individu dans la connoiſſance, l'amour, la pratique & l'habitude des ſciences, des arts, des exercices & des travaux, ſoit pour établir, au-dedans comme au-dehors, des relations & des moyens pour n'avoir jamais d'ennemis à combattre, ou pour les repouſſer en cas d'attaque ; ſoit pour la culture des terres, ſoit pour ſe bâtir ſolidement dans les campagnes & dans les villes, ſuivant un plan relatif à la plus grande ſûreté, commodité & ſalubrité publiques ; ſoit pour nous débarraſſer de nos immondices, ainſi que des corps morts, & les faire ſervir à fumer les terres avant leur entiere corruption ; ſoit, en un mot, pour découvrir & anéantir toutes les cauſes phyſiques & morales des miſeres, de la dépravation, de la dégradation & de la deſtruction des hommes, & pour n'établir & ne pratiquer que les cauſes & les moyens qui pourront contribuer le plus efficacement à nous rendre & nous conſerver heureux les uns par les autres.

DEMANDE.

Qu'entendez-vous par agrémens ?

RÉPONSE.

J'entends exprimer les plaisirs qui résultent du témoignage d'une santé parfaite, ainsi que de la paix & du contentement de notre ame, la satisfaction que je partagerai avec mes semblables, en travaillant au bonheur commun ; mes relations & communications d'amour, d'amitié & de bonheur avec ceux de ma classe ; de mon respect, de ma tendresse & de ma soumission envers ceux des classes supérieures ; en un mot, j'entends exprimer les délices des sentimens qui m'animeront, ainsi que mes semblables, & nous exciteront à nous disputer à l'envi à qui inventera & emploiera plus de moyens de nous rendre & de nous conserver heureux les uns par les autres.

CHAPITRE III.

Du Gouvernement.

DEMANDE.

QU'ENTENDEZ-VOUS par gouvernement ?

RÉPONSE.

J'entends exprimer l'ordre, les regles, les inſtitutions, & généralement tous les arrange- mens & les moyens par leſquels une ſociété quelconque s'éleve, s'inſtruit, ſe conduit, ſe conſerve & ſe rend heureuſe.

DEMANDE.

Qu'entendez-vous par s'éleve ?

RÉPONSE.

J'entends exprimer l'obligation ou plutôt la néceſſité d'apprendre à chacun des aſſociés la connoiſſance & la pratique des moyens d'opé- rer le bonheur individuel de la ſociété.

DEMANDE.

Qu'entendez - vous par le terme s'inftruit ?

RÉPONSE.

Je veux dire qu'une fociété quelconque d'hommes qui naiffent fans connoiffance , ni expérience , né peut juger du mérite des moyens de fe conduire ou de fe bien gouverner , que par l'expérience qu'elle en fait, afin de les fupprimer s'ils ne produifent que du mal , & de les maintenir s'ils ne produifent que du bien.

DEMANDE.

Qu'entendez-vous par fe conduire ?

RÉPONSE.

J'entends exprimer l'obligation ou la néceffité d'obferver & de faire obferver l'ordre , les regles & tous les moyens que l'expérience aura conftatés être les meilleurs pour fe rendre & conferver heureux , ainfi que l'obligation ou la néceffité de profcrire tout ordre , toute regle , tout moyen que l'expérience aura conftaté né pouvoir contribuer qu'au malheur de la fociété.

DEMANDE.

Qu'entendez-vous par se conserve & se rend heureuse ?

RÉPONSE.

J'entends exprimer le but & la fin qu'elle doit avoir sans cesse en vue, & qu'aucune société ne sauroit obtenir sans l'éducation indispensable de chacun de ses membres, sans l'expérience pour le choix des bons & la proscription des mauvais moyens, ni sans la vigilance la plus sévere à faire observer les bons & à proscrire les mauvais.

DEMANDE.

L'éducation dans la connoissance, la pratique & l'habitude de tous les bons moyens est-elle bien essentielle ?

RÉPONSE.

Oui, très-essentielle, parce que les hommes ne portent point en naissant la connoissance ni l'amour des regles pour se bien conduire, comme les autres especes d'animaux vivans en société, mais seulement la perfectibilité, & que si on ne leur fait point acquérir, ou qu'ils n'acquierent point eux-mêmes par leur expérience, la con-

noiſſance, amour, la perfection & l'habitude
des bonnes regles, il eſt moralement impoſſible
qu'ils operent leur bonheur & leur conſervation;
comme avec cette connoiſſance, cette pratique,
cet amour, cette habitude & cette perfection,
il eſt moralement impoſſible que les hommes ne
ſe rendent & ne ſe conſervent heureux les uns
par les autres.

DEMANDE.

Faudra-t-il que l'éducation, les exercices, les
travaux & les fonctions ſoient les mêmes dans
toutes les claſſes ?

RÉPONSE.

Il faudra que l'éducation ſoit la même pour
la théorie & les principes, mais comme il y aura
différens beſoins à pourvoir, & des objets différens à remplir, il faudra que les exercices, les
fonctions & les travaux ſoient diſtribués & ré-
partis ſelon la force, le génie, le caractere, le
goût, l'inclination & les dipoſitions qui ſe dé-
velopperont & ſe feront remarquer dans chaque
individu, ſans qu'aucun genre de travail,
d'exercice & de fonction puiſſe être, en aucun cas, un ſujet d'humiliation ni de vanité,
puiſque ce ſeront la nature & ſon ineffable

auteur , auxquels tout doit être rapporté , qui auront claffé les hommes, & non point la chimere ni l'impofture, comme jufqu'à préfent.

DEMANDE.

Mais fi les hommes naiffent fans la connoiffance de l'ordre , des regles & des moyens pour fe bien conduire , où iront-ils les chercher pour les trouver ?

RÉPONSE.

Dans l'étude de la nature qui leur fera voir & connoître l'ordre , les regles & tous les moyens par lefquels tout l'univers fe régit , fe conferve , fe reproduit & fe perpétue, notamment chez les animaux vivans en fociété , parmi lefquels la nature & fon auteur ont établi différentes fortes de gouvernemens qui nous donnent les regles les plus fûres pour nous bien gouverner & nous rendre heureux les uns par les autres , dans les lumieres acquifes & dans l'expérience de tous les fiecles.

DEMANDE.

Cet ordre , ces regles & ces moyens , que la nature nous enfeigne par l'exemple des animaux vivans en fociété , ont-ils été toujours connus & pratiqués dans toutes les fociétés humaines ?

CHAPITRE

CHAPITRE IV.

De l'origine de l'ordre mercenaire, homicide & anti-
social, qui a gouverné, dégradé & perdu les hom-
mes jusqu'à préfent.

RÉPONSE.

IL paroît, d'après les relations des hiftoriens &
des voyageurs, que prefque tous les peuples,
même les plus éclairés, au lieu d'avoir confulté
la nature, profité de leur expérience & des lumieres acquifes, n'ont confulté que leur égoïfme, leur orgueil, leurs defirs infatiables, &
qu'ils n'ont inventé & fuivi jufqu'à préfent d'autre ordre, d'autre regle, d'autres moyens que
pour fe divifer, fe difputer, fe dégrader, fe
molefter & fe détruire les uns par les autres.

DEMANDE.

Pourquoi cela ?

RÉPONSE.

C'eft que l'homme naiffant dans la nature;

B

dont il fait effentiellement partie, fe rend fi familier avec elle depuis fon enfance, que par la fuite il n'y fait pas la plus légere attention, & qu'il ne fe laiffe frapper & féduire que par tout ce qui s'en éloigne; de façon qu'il en eft forti pour ne confulter & ne fuivre que les vices de fa conftitution naturelle, qui le rendent envieux de tout ce qui flatte fon égoïfme aveugle & féroce.

Delà vient qu'originairement les plus forts fe font emparé de tout, & ont affervi les plus foibles, jufqu'au temps où les plus fins & les plus rufés ont imaginé des moyens d'en impofer aux plus forts & aux plus foibles, au nom des dieux qu'ils ont fabriqués & fait parler comme ils ont voulu; de forte que le gouvernement de prefque toutes les fociétés humaines n'a été établi originairement que par l'égoïfme ftupide & fans expérience des plus forts, & enfuite confacré par les preftiges, les impoftures & les fourberies de l'égoïfme également féroce & aveugle des plus fins & des plus rufés, afin de profiter eux feuls des effets d'un ordre auffi défaftreux, au détriment des plus forts comme des plus foibles.

C'eft ainfi qu'a pris naiffance, que s'eft formé, perfectionné & perpétué l'ordre mercenaire, homicide & anti-focial, qui n'a engendré dans tous les temps que des divisions, des querelles, des maſſacres, des guerres, l'esclavage, d'individu à individu, de famille à famille, & de peuple à peuple, & qu'un dédale de loix civiles & pénales pour empêcher, autant que faire ſe pourroit, les effets abominables & funeſtes d'un ordre auſſi monſtrueux.

DEMANDE.

Cet ordre a-t-il été également funeſte à toutes les nations ?

RÉPONSE.

On remarque, d'après les monumens de l'hiſtoire ancienne & de nos jours, que les peuples ont eu plus ou moins de durée, de révolutions & de malheurs, ſelon que le fatal & funeſte égoïſme de l'homme, qui eſt tout à la fois l'auteur & la victime de cet ordre mercenaire, homicide & anti-ſocial, a eu plus ou moins d'influence dans les gouvernemens, & ſelon qu'il a ſuggéré plus ou moins de moyens de s'énerver, de ſe diviſer, de ſe dégrader & de ſe détruire les uns par les autres.

DEMANDE.

Pourquoi appellez-vous cet ordre mercenaire, homicide & anti-social ?

RÉPONSE.

Je l'appelle mercenaire, parce qu'il n'invite à faire le bien que par l'espoir d'une récompense, & à éviter le mal, que par la crainte d'une punition ou d'un châtiment ; ce qui ne peut convenir qu'à des esclaves.

Je l'appelle homicide, parce qu'il arme le fils contre le pere, le frere contre le frere, la famille contre la famille, les peuples contre les peuples, pour s'emparer des possessions les uns des autres, auxquelles ce même ordre n'a donné de valeur que pour flatter, séduire & exciter davantage l'égoïsme, la cupidité & les desirs naturels & insatiables des hommes, afin de les diviser, les armer les uns contre les autres, & les faire détruire, comme un os que l'on jette au milieu d'une troupe de chiens affamés.

Je l'appelle anti-social, parce qu'il établit l'intérêt le plus vif & le plus inique de ne rapporter qu'à soi & aux siens ce qui ne doit être rapporté qu'à la masse générale de la société, ce qui n'est qu'une monstruosité qui rompt tous les liens en même - temps qu'elle anéantit tous les principes du contrat social.

DEMANDE.

Qu'entendez-vous par contrat social?

RÉPONSE.

J'entends exprimer les devoirs naturels que les hommes vivans en société ont à remplir les uns envers les autres, afin d'opérer leur plus grand avantage ou leur plus grand bien.

DEMANDE.

Ce contrat n'existe donc pas?

RÉPONSE.

Ce contrat existe, puisque la nature & son auteur en ont imprimé les clauses & les conditions en nous & autour de nous; mais l'ordre mercenaire, homicide & anti - social que les hommes les plus forts & les plus féroces ont originairement établi, & que les plus fins & les plus rusés ont depuis rendu sacré, pour en profiter eux seuls, en empêche l'exécution.

DEMANDE.

Il n'est donc pas possible qu'il existe de véri-

tablement bonne société parmi les hommes sou-
mis à cet ordre?

RÉPONSE.

Cela est impossible, si ce n'est des sociétés
léonines.

DEMANDE.

Qu'entendez-vous par sociétés léonines?

RÉPONSE.

Cette expression est tirée de la maniere dont
le lion s'associe & en use avec les animaux d'une
espece plus foible que la sienne, qu'il dévore &
qu'il mange impitoyablement, exemple que nos
fabulistes les plus judicieux ont comparé à ce qui
se pratique dans les sociétés humaines, & que
nos légistes ont employé pour désigner les sociétés proscrites par les loix civiles, à cause du
vice que, par une inconséquence & une stupidité
aujourd'hui impardonnables, les peuples les plus
éclairés tolerent encore aujourd'hui dans leurs
sociétés générales, quoique très-convaincus ou
à même de se convaincre que ce ne peut être que
ce même vice qui ait infecté, corrompu & détruit toute la masse des gouvernemens ou des
sociétés humaines.

DEMANDE.

Comment se peut-il que depuis tant de siecles
cet ordre, si contraire aux plus précieux intérêts
des hommes, se soit maintenu jusqu'à présent,
même chez les peuples les plus éclairés ?

RÉPONSE.

C'est que, depuis que l'homme n'a fait usage
des facultés de son ame & de son corps que
pour satisfaire son égoïsme stupide & insatiable,
& qu'au lieu d'avoir consulté la nature pour
s'éclairer & pour se conduire, il n'a consulté que
les vices de sa constitution naturelle, il a contracté une si forte habitude du mal qu'il s'est
mis dans l'impuissance de connoître & de pratiquer le bien ; de façon qu'aujourd'hui toute l'intelligence, toute la raison, toutes les regles, tous
les arrangemens humains n'érant que les résultats
de ce que notre égoïsme aveugle & les fantômes
de notre imagination nous ont suggéré originairement, ainsi que de notre éducation & de
nos habitudes, nous nous sommes identifiés, à
tel point, avec l'ordre mercenaire, homicide &
anti-social, que, malgré qu'il ne puisse produire
que des monstruosités, nous croirions ne pouvoir le proscrire, ni le changer, sans proscrire

& changer en même-temps notre raison, toutes nos notions, toutes nos constitutions, que le pouvoir de l'éducation & de l'habitude nous font regarder comme des vérités démontrées & même éternelles.

DEMANDE.

Qu'elles sont les principales institutions de cet ordre mercenaire, homicide & anti-social ?

RÉPONSE.

Ce sont les propriétés, les mariages & les religions que les hommes ont inventés, établis & consacrés pour légitimer leurs usurpations, leurs violences & leurs impostures.

CHAPITRE V.

Du droit de propriété.

DEMANDE.

Qu'entendez-vous par droit de propriété ?

RÉPONSE.

Suivant les notions des loix civiles, c'est la

faculté de difpofer de ce qui nous appartient comme bon nous femble.

DEMANDE.

Quels font les objets fur lefquels les hommes ont étendu leur droit de propriété ?

RÉPONSE.

Ce font tous ceux dont ils ont cru pouvoir s'emparer ou faire croire qu'ils s'étoient emparé ; comme les terres, les femmes, les hommes même, la mer, les rivieres, les fontaines, le ciel, les enfers, les dieux même, dont ils ont toujours fait & font un trafic, depuis qu'ils ont fabriqué des efpeces d'or & d'argent auxquelles ils ont attaché tant de valeur qu'on peut acqué-rir avec elles tous les objets qu'on vient de nommer.

DEMANDE.

De qui les hommes tiennent - ils le titre en vertu duquel ils fe font emparé & appropriés tous ces objets ?

RÉPONSE.

De leur avidité naturelle, de leur égoïfme, de leur orgueil, de leurs defirs infatiables, de leurs violences, de leurs fourberies, de leurs impoftures, en un mot, de tous les vices de leur conftitution naturelle, dont il auroit fallu qu'ils fe fuffent garantis par l'éducation.

DEMANDE.

Mais ce ne font pas là des titres, au contraire.

RÉPONSE.

Cela eft vrai; mais puifqu'il ne paroît pas que la nature & fon auteur en aient donné aux hommes arrivans tous nuds fur la terre, il a bien fallu que leur égoïfme aveugle & fans expérience leur en fît imaginer pour légitimer les ufurpations que les plus forts ont fait du pouvoir terreftre, & les plus fins & les plus rufés, du pouvoir célefte, afin d'afſervir à leur ambition les plus foibles & les plus crédules, & qu'ils aient inventé l'or & l'argent pour faire un trafic des poffeffions & des biens de la terre & du ciel, comme ils ont fait.

DEMANDE.

Les hommes fe font-ils bien trouvés de ces arrangemens?

RÉPONSE.

Au contraire, ils en ont été très-bien punis;

puifque depuis , & par une fuite néceffaire de
ces arrangemens , ils n'ont ceffé de fe divifer,
de fe difputer, de fe molefter, de fe dégrader,
de fe voler, de fe tromper, de s'empoifonner,
de s'armer & de fe détruire les uns par les autres.

DEMANDE.

Quels font donc les inconvéniens de la propriété des terres ?

RÉPONSE.

Du partage des terres eft né le droit exclufif
d'en jouir, & par conféquent de bannir les races
futures du globe terreftre ; de faire mourir de
faim , de foif & de froid ceux qui n'ont pas de
propriété , fi mieux n'aiment ces derniers fe
rendre efclaves des propriétaires , & ces derniers
les agréer à cette condition , finon pendus
comme voleurs , ou empalés , ou rompus vifs
comme affaffins, ainfi que cela fe pratique encore aujourd'hui.

DEMANDE.

Quels inconvéniens peuvent naître de la propriété des femmes & des hommes?

RÉPONSE.

Tous les vices, toutes les baffeffes, tous les défordres que traînent après eux l'égoïfme fans borne des plus forts, & le ftupide aveuglement des plus foibles, comme cela fe pratique encore aujourd'hui.

DEMANDE.

Quels inconvéniens ont pu produire les actes par lefquels les plus fins & les plus rufés fe font emparé des puiffances céleftes ?

RÉPONSE.

C'eft d'avoir comme anéanti tout efpoir de retour, de la part des hommes, vers la nature & fon auteur, feuls capables de les éclairer & de les conduire au vrai bonheur, en confacrant par leurs preftiges, leurs impoftures & leurs fortileges, tous les actes par lefquels les plus forts & les plus féroces s'étoient emparé des terres, des femmes & des hommes, afin d'éternifer la dégradation, le malheur & la deftruction des peuples, & s'en partager les dépouilles, comme cela fe pratique encore aujourd'hui.

DEMANDE.

Quels inconvéniens ont pu naître de l'établissement des especes d'or & d'argent ?

RÉPONSE.

Comme c'est le genre de propriété le plus commode, en ce qu'avec lui on peut acquérir toutes les autres, on doit regarder cet établissement comme le plus capable de flatter l'égoïsme, & de mettre en mouvement toutes les facultés de l'ame & du corps, de faire inventer & employer aux hommes tous les moyens possibles de s'énerver, de se dégrader, de se voler, de se tromper, de s'empoisonner, de se massacrer & de se détruire les uns par les autres, comme cela se pratique encore aujourd'hui & dans tous les temps, suivant le témoignage de nos meilleurs écrivains.

> Quid non mortalia pectora cogis
> Auri sacra fames ! Virg.
> Summi materiam mali
> Mittamus, scelerum si bene pœnitet. Hor.
> Aurum irrepertum & sic melius si tam
> Cum terrâ celat. Hor.

DEMANDE.

Comment se peut-il que d'après l'expérience de tant de maux & tant de lumieres acquises, on regarde encore aujourd'hui la propriété comme le fondement ou la base de la civilisation?

RÉPONSE.

C'est que le petit nombre de ceux qui en ont le mieux senti les inconvéniens désastreux n'a pas assez connu les véritables principes du droit naturel, ou qu'ils ne s'en est pas assez bien pénétré pour se convaincre & prouver que le droit de propriété ne pouvoit être qu'une monstruosité dans l'ordre social, comme dans l'ordre physique, & qu'une monstruosité ne pouvoit pas être la base ou le fondement de la civilisation.

DEMANDE.

Qu'entendez-vous par monstruosité?

RÉPONSE.

J'entends tout ce qui n'est point conforme à la nature, ou tout ce qui la contrarie, au lieu de la perfectionner & de l'embellir.

DEMANDE.

En quoi le droit de propriété n'est-il pas conforme à la nature, & la contrarie?

RÉPONSE.

C'est qu'il est métaphysiquement & évidemment certain que tout ce qui existe dans l'univers appartient essentiellement à la nature & à son auteur, auxquels l'homme appartient essentiellement lui même, & auxquels il doit tout rapporter, & rien à lui; c'est qu'étant venu au monde tout nud & sans aucun titre autre que celui pour ses besoins physiques, auxquels la nature & son auteur ont pourvu, en plaçant dans le cœur & dans le sein de sa mere les moyens d'y pourvoir, pendant tout le temps qu'il est dans l'impuissance d'y pourvoir lui-même, & qu'après ce temps, l'exemple de sa mere & des autres animaux suffisent pour l'éclairer sur le choix des moyens de se conserver & de se nourrir par la seule jouissance des choses naturelles, il ne peut s'en arroger la propriété inutile, parce qu'elle répugne dans l'ordre physique comme dans l'ordre social ou moral.

DEMANDE.

Pourquoi dans l'ordre social ou moral?

RÉPONSE.

C'est que, dans l'ordre social ou moral, l'homme n'arrive pas au monde avec plus de titres que dans l'ordre physique, mais seulement avec les mêmes besoins auxquels l'ordre social peut & doit pourvoir par la seule jouissance des choses naturelles, avec plus de sûreté, plus de commo-

dités & plus d'agrémens que dans l'état d'indé-
pendance & de nature fauvage, fans droit de
propriété, ni des conventions, ni des chimeres
qui ne font pas plus conformes à la nature, qui
ne la contrarient & ne la choquent pas moins que
dans l'ordre phyfique, & qui n'ont opéré ni ne
peuvent opérer que la divifion, le malheur & la
deftruction des hommes les uns par les autres,
par l'intérêt défaftreux & monftrueux qui en
réfulte néceffairement, de ne rapporter qu'à foi-
même & aux fiens tout ce qui ne doit être rapporté qu'à la maffe générale de la fociété, pour
être diftribué fuivant le véritable ordre focial
ou moral, felon les befoins, les commodités &
les agrémens de chacun des membres de la fociété.

DEMANDE.

Mais dans ce cas là, tous les droits convenus
par les hommes ne font donc que des monftruofités, puifqu'il n'en eft pas un feul qui foit conforme à la nature, & qui ne la contrarie?

RÉPONSE.

Oui, fans doute, & à leur plus grand détriment, puifqu'il eft évident que nul ne peut établir un droit en fa faveur, fur la terre, au préjudice de fes femblables, fans établir en même-
temps

temps le même en faveur de ses semblables, contre lui & sa postérité ; qu'ainsi dans le choc de
cette réciprocité & contrariété de droit ou de
prétention, ce ne peut être que la violence ou
la finesse qui en décident par l'assujettissement ou
la destruction des prétendans ; ce qui n'est qu'une
monstruosité palpable dans ses effets, comme une
chimere dans son origine, puisque ce droit implique contradiction avec la constitution naturelle ou essentielle de l'homme, à qui rien ne
sauroit appartenir dans la nature, & qui ne s'appartient point à lui-même, mais bien à la nature
& à son auteur, dans l'ordre physique, & moralement à la société dont il dépend, & auxquels
il doit par conséquent tout rapporter, & rien à
lui-même. En un mot, tout droit, toute convention qui ne peut s'établir & se maintenir que
par la violence & par l'imposture, ne peut pas
être un droit, mais une monstruosité plus à charge
& plus dangereuse pour celui qui en est en possession, que pour celui qui en souffre ; c'est le
districtus ensis d'Horace.

DEMANDE.

Cependant un écrivain assez renommé a con-
signé dans un discours, que celui qui le premier
avoit dit, *ceci est à moi*, devoit être regardé

comme le vrai fondateur de la société civile.

RÉPONSE.

J. J. Rousseau n'a raisonné que d'après le fait de la fondation originelle de la société civile dont les inconvéniens désastreux lui ont fait préférer la vie sauvage; mais il n'a pas raisonné d'après le droit ni les principes qui auroient dû & qui devroient aujourd'hui servir de base & de fondement à la civilisation, parce qu'il ne les a pas connus, ni n'en a pas senti par conséquent les précieux avantages, qui lui auroient fait préférer la vie civile à la vie sauvage. Il n'a ouvert les yeux que sur l'origine du mal, sans s'occuper de la recherche d'aucun remede, ni de l'origine du bien.

DEMANDE.

Quelle réponse vouliez-vous donc que fît le premier qui s'étoit établi sur un coin de terre à ceux qui sont venus pour lui enlever le fruit de ses travaux ?

RÉPONSE.

La voici : ô mes freres ! ô mes amis ! rien de ce que vous voyez ici ne peut m'appartenir : la terre, ses productions, mes établissemens, tout appartient, ainsi que moi, à celui qui a fait la terre, le soleil, & qui m'a donné l'existence & la force de travailler : je n'en ai, ni ne peux en prétendre que la jouissance pour mes besoins : jouissez-en, comme moi, pour les vôtres : unissez vos travaux aux miens, parce que le travail d'un seul pourroit ne pas suffire aux besoins de nous tous : en attendant, tâchons de nous arranger de façon & si bien qu'aucun de nous ne puisse souffrir, ni par la faim, ni par la soif, ni par le froid ; mais sur toutes choses, point de violences, ni de folles prétentions, qui ne pourroient que nous diviser, nous molester & nous faire détruire les uns par les autres, & parce que, si je venois à succomber, cet exemple inviteroit & autoriseroit ceux qui viendront après nous, à faire usage des mêmes violences & des mêmes prétentions auxquelles vous seriez contraints de céder, ou de succomber à votre tour.

La voilà, cette réponse de l'homme social, indicative du vrai bien moral, ainsi que des principes de l'éducation sociale, qui auroient dû & devroient encore aujourd'hui servir de fondement & de base à la civilisation, d'où résulteroient les plus grands biens à la place des plus grands maux.

CHAPITRE VI.

Des Mariages.

DEMANDE.

QU'ENTENDEZ - vous par les mariages ?

RÉPONSE.

J'entends les regles, les cérémonies, les con-ditions & les conventions que les hommes ont établies dans tous les différens climats, pour l'u-nion des deux fexes.

DEMANDE.

Quels peuvent en être les inconvéniens ?

RÉPONSE.

On remarque que les inconvéniens en ont été plus ou moins défaftreux, felon que les fociétés humaines fe font plus ou moins écartées des re-gles & des inftitutions naturelles, pour la con-jonction du mâle avec la femelle, chez les ani-maux vivans en fociété.

DEMANDE.

Pourquoi les hommes fe font-ils écartés de ces regles ?

RÉPONSE.

C'eſt que les hommes, après s'être partagées & approprié les terres, ont imaginé de fe partager & de s'approprier auſſi les femmes, afin d'avoir des enfans à eux appartenans pour fuccéder à leurs propriétés.

DEMANDE.

Quels inconvéniens font provenus du partage & de la propriété des femmes ?

RÉPONSE.

Les mêmes que ceux provenus du partage & de la propriété des terres, & encore plus dé-faſtreux.

DEMANDE.

Comment cela ?

RÉPONSE.

C'eſt que par le partage des terres, les hommes n'ont fait que fe diviſer pour vivre chacun du produit de fa culture, & que dans cette poſition ils ne fe font armés & détruits qu'autant que

C 3

l'égoïsme des plus forts, des plus fainéans, des plus fins & des plus rufés leur a fait ambitionner de s'emparer du fruit des travaux des plus foibles, des plus laborieux & des plus crédules, au lieu que par la propriété & la jouiffance exclufive des femmes, le penchant le plus impérieux de la conftitution naturelle des hommes & des femmes s'eft irrité & révolté contre les bornes & les entraves qu'on lui avoit prefcrites, & qu'il n'eft forte d'excès auxquels les hommes & les femmes ne fe foient portés pour affouvir leur paffion brutale & leur vengance (1); c'eft que la paternité, qui a été une fuite néceffaire du partage des femmes ou du mariage, eft devenu un titre & la caufe d'un égoïfme fans limite, par l'intérêt défaftreux & homicide de facrifier l'univers, fi faire fe pouvoit, à fa folle & aveugle ambition de s'emparer de tout pour le tranfmettre à fes enfans & à fa poftérité la plus reculée.

DEMANDE.

Les peres, les meres, les enfans, les familles & les peuples en ont-ils été plus heureux ?

---

(1) *Nam fuit ante Helmam cunnus teterrima belli, Caufa.....* Hor.

RÉPONSE.

Au contraire ; les peres n'ont pas eu de plus grands ennemis que leurs enfans & leurs femmes, les freres, que les freres, les familles, que les familles, les peuples, que les peuples.

DEMANDE.

Pourquoi cela ?

RÉPONSE.

C'eft que les femmes vivoient dans l'efclavage, fous la tyrannie des hommes ; c'eft que les enfans parvenus dans l'âge de jouiffance, ne formoient de vœux que pour la mort des peres ; c'eft que les freres n'ont fait que s'en difputer & s'en arracher les dépouilles ; c'eft que les familles n'ont cherché qu'a s'aggrandir au détriment des autres familles ; c'eft que les peuples, animés & guidés par le même égoïfme, n'ont ceffé de s'armer, de fe faire la guerre & de fe détruire les uns par les autres : on n'a qu'à parcourir les monumens de l'hiftoire ancienne & de nos jours, pour frémir d'horreur & être convaincu que par le partage & la propriété des terres, que, par le partage & la propriété des femmes, les hommes ne pouvoient pas mieux s'arranger

C 4

pour fe dégrader & s'égorger les uns par les autres.

En un mot, pour peu qu'on réfléchiffe, on fera forcé de convenir que les mariages ne peuvent être que des attentats les plus formels à la liberté des hommes, fur-tout des femmes, qu'autant de divorces avec le refte du genre humain, & qu'autant de ligues redoutables contre fes femblables (1).

DEMANDE.

Comment fe peut-il que, dès les premiers temps & depuis, il ne fe foit trouvé perfonne qui, touché de quelque pitié, ait reclamé contre des arrangemens auffi monftrueux pour les faire étouffer ?

RÉPONSE.

C'eft que l'homme qui s'habitue à voir le foleil & tous les miracles de la nature, depuis fa plus tendre enfance, n'y prête plus d'attention lorfqu'il eft parvenu dans la force de l'âge, &

(1) Le code immenfe des loix qu'il a fallu compofer pour en prévenir les inconvéniens, autant que faire fe pourroit, eft la plus forte preuve que les mariages, comme les propriétés, ne peuvent produire que le malheur du genre humain.

que, fi tant de merveilles n'excitent point fon étonnement, ni ne fixent fon attention, à plus forte raifon contractera-t-il l'habitude de voir auffi fans étonnement fes femblables fouffrir & fe maffacrer, comme de fe voir lui-même obligé de fuivre leur exemple, fur-tout depuis que les plus fins & les plus rufés y ont attaché du mé-rite, de l'héroïfme, de la gloire & des récom-penfes.

C'eft qu'originairement les plus fins & les plus rufés qui n'avoient pas de propriété, ni de fem-mes, ont été obligés d'avoir recours à d'autres moyens pour fe procurer leur fubfiftance & des jouiffances : il faut croire que c'eft dans cette claffe d'hommes qu'ont pris naiffance les fciences & les arts : les plus induftrieux vivoient du tra-vail de leurs mains ; les p'us favans, qui n'étoient pas les plus jeunes, ni les plus forts, ni les plus nombreux, vivoient fans doute de ce que les propriétaires & leurs enfans leur donnoient pour prix de leur complaifance à leur débiter tout ce que leur génie & leur mémoire leur fuggéroient & leur faifoit inventer de merveilleux & d'im-pofant fur les aftres, fur la terre, fur les cau-fes, fur les effets & fur l'hiftoire des temps paffés. Il eft à préfumer que c'eft dans cette claffe de mendians que s'eft formée la fcience de la magie,

& que les idées fur la néceffité de l'exiftence
d'une caufe premiere, ont pris une tournure analogue à l'ordre monftrueux alors exiftant, comme aujourd'hui , & convenable à leurs intérêts.

C'eft ainfi que s'eft formé l'art d'en impofer,
de furprendre , de fubjuguer les efprits, & de
commander aux hommes naturellement crédules
& faciles à tromper , par tout ce qu'on peut
leur annoncer de la part d'une caufe premiere
dont ils fentent ne pouvoir défavouer l'exiftence,
fans défavouer la leur , celle du foleil & de la
nature entiere.

Or , il n'eft pas problable que dans cette claffe
de favans des fiecles les plus reculés, qui n'a-
voient pas de propriété ni de femmes , qui étoient
habitués à vuir fans étonnement les peres, les
freres, les familles & les peuples , toujours en
guerre & fe maffacrer pour les femmes & les
terres, il n'eft probable , dis-je , qu'il s'en foit
trouvé quelqu'un qui fe foit fenti touché de
pitié pour l'efpece humaine, ni capable de ré-
former un ordre auffi monftrueux ; mais il eft
très-probable que , fi les plus intelligens & les plus
adroits de cette claffe , ont pu fe mettre hors
des dangers , & parvenir à commander aux monftres que cet ordre ne pouvoit qu'engendrer , il
eft plus que probable , dis-je , qu'ils auront mis

tout en œuvre, les dieux, le ciel, la terre &
les enfers, pour y réuffir, comme cela eft arrivé.

CHAPITRE VII.

Des Religions.

DEMANDE.

Qu'entendez-vous par les religions ?

RÉPONSE.

J'entends exprimer les moyens & les inftitutions qu'ont établis originairement chez les dif-
férends peuples, les plus fins & les plus rufés,
afin de commander à la férocité des plus forts,
& à la ftupidité des plus foibles, au nom de la
divinité qu'ils ont fabriquée & fait parler comme
ils ont voulu.

DEMANDE.

Quels font ces moyens ?

RÉPONSE.

Ce font les mêmes que ceux que nous appel-

lons encore magiciens, forciers, convulfionnaires, charlatans, efcamoteurs, ont employés
& emploient encore aujourd'hui pour fe faire
valoir & en impofer à la multitude naturellement crédule, & plus groffiere dans les premiers temps qu'aujourd'hui que les fciences
& les arts nous ont acquis plus d'expérience & de
lumiere.

DEMANDE.

Quelles peuvent être leurs inftitutions ?

RÉPONSE.

Premiérement, pour s'emparer de l'efprit &
du cœur des grands propriétaires, par tous les
moyens les plus capables de flatter leur orgueil
& leur égoïfme, ils en ont fait des dieux; Sa-
turne, par exemple, parce qu'il dévoroit fes
enfans, par la crainte fans doute d'en être tué lui-
même, ou dépoffédé, lorfqu'ils feroient parvenus dans la force de l'âge, ainfi que l'ordre
monftrueux alors exiftant, comme aujourd'hui,
en établiffoit l'intérêt & en produifoit le defir
dans le cœur des enfans qui n'étoient retenus par
aucune des loix qui les retiennent aujourd'hui,
ce qui n'empêche pas qu'il n'y ait eu & qu'il n'y
ait encore des parricides, par une fuite du même

ordre monſtrueux, qui ne fait trouver de ſûreté que dans la crainte des ſupplices.

Secondement, ils ont inſtitué le dieu de la guerre, & érigé en vertus ſublimes tous les actes par leſquels les peuples ſe ſont égorgés, en ſe tenant toujours eux ſeuls derriere le rideau, à l'ombre de leurs autels & ſous la garde des dieux, jouiſſant, par l'abſence de la belle jeuneſſe & de leur roi, de toutes les vierges, de toutes les femmes & de toutes les productions de la terre, & ſe partageant les dépouilles des vainqueurs & des vaincus, dont on s'empreſſoit de venir faire hommage à leurs dieux.

Troiſiememement, afin de contenir la férocité des propriétaires & des jeunes gens d'un ordre inférieur, ils ont inſtitué le dieu des enfers, avec des récompenſes éternelles pour les bons, & des peines éternelles pour les méchans. Quant au ciel, qu'ils ont réſervé pour la demeure des dieux, ils en ont gardé les places pour les perſonnages qu'ils avoient le plus d'intérêt de ſe ménager & de ſe concilier, comme étoient ceux qui s'étoient emparé de la puiſſance terreſtre, ou en faveur deſquels ils en avoient eux-mêmes inſtitué le droit, au nom des dieux, afin de maintenir leurs déſaſtreuſes inſtitutions.

Quatriemement, ils ont inſtitué l'obligation

d'adorer ces mêmes dieux, auxquels ils ont fait élever des temples & ériger des ftatues.

Cinquiemement, ils ont inftitué des fêtes, des coftumes, des facrifices d'animaux & de tous les fruits de la terre, même de jeunes vierges, les plus belles, qu'ils faifoient femblant d'immoler à leurs dieux, n'ayant pas d'autre moyen pour s'en procurer la jouiffance. (1).

Telles font les principales inftitutions des religions anciennes & modernes, qui ont rendu facré l'établiffement du droit de propriété, du mariage & des religions, de façon qu'il n'a jamais été permis d'attaquer, ni par penfée, ni par parole, ni par action, ni par omiffion, l'ordre mercenaire, homicide & anti-focial qui a égaré dans tous les temps les peuples même les plus éclairés, ni de murmurer contre les loix établies pour fon maintien, fans fe rendre coupable de crime de leze-majefté divine & humaine; & d'être brûlé éternellement dans les enfers de

(1) L'exemple d'Iphigénie facrifiée en Aulide, & depuis prêtreffe de Diane en Tauride, confirme cette opinion : il n'eft point dans la conftitution naturelle des hommes les plus féroces, d'égorger une jeune vierge, mais bien plutôt d'employer toute forte de moyen pour en jouir.

l'autre monde, après avoir été brûlé, pendu, rompu, empalé, fouetté, marqué & condamné aux galeres, dans les enfers, & par les diables de ce monde-ci, que cet ordre monftrueux n'a pu qu'engendrer.

DEMANDE.

On dit cependant que les religions enfeignent, commandent l'exercice de la pratique des vertus les plus capables d'opérer la paix & le bonheur parmi les hommes ; comme le pardon des enne-mis, de faire du bien à ceux qui nous font du mal, la fobriété, la tempérance, l'humilité, le mépris des richeffes, & de ne pas fe laiffer con-duire & dominer par fes paffions, &c.

RÉPONSE.

Il ne faut pas confondre ces principes de la plus faine morale, qui n'ont pour objet que les relations, les actions & les obligations naturelles des hommes les uns envers les autres, avec les religions qui n'ont pour objet que les relations, les obligations & les actions prefcrites, dans tous les différens cultes, envers la divinité. Si les mi-niftres du fanatifme ont adopté ces maximes de la fageffe & de la plus faine morale, qu'ils ont prêchées dans tous les temps fans les pratiquer,

ce n'eſt que pour dorer le poignard qu'ils nous
ont mis dans les mains, par l'établiſſement de
l'ordre mercenaire, homicide & anti-ſocial, lequel produit le plus vif intérêt de nous dégrader, de nous diviſer, de nous armer & de nous
détruire les uns par les autres, ou nous en fait
ſans ceſſe courir le danger, dans les temps les
plus calmes, & par conſéquent l'intérêt le plus
contraire à la pratique de ces mêmes vertus qui
opéreroient en effet la paix & le bonheur uni-
verſels, ſi les hommes, déchirant le voile impoſ-
teur qui leur couvre les yeux & les tient comme
enſorcelés, étouffoient cet ordre monſtrueux
qui s'oppoſe à la pratique de ces mêmes vertus,
par l'établiſſement d'un ordre & d'une éducation
qui en feroient contraĉter le plus vif intérêt,
ainſi que l'amour, la pratique & l'habitude.

DEMANDE.

Quels ſont les inconvéniens des religions?

RÉPONSE.

C'eſt d'avoir fait un monſtre de la divinité,
& de n'avoir établi pour principe des aĉtions &
pour regle de la conduite des hommes, que des
monſtruoſités & des chimeres qui ſont la crainte
des

des supplices que les hommes n'ont pas droit d'infliger, qui sont les récompenses que les hommes n'ont pas plus de droit d'accorder à des hommes, qui sont les dignités, les rangs & les distinctions que des hommes n'ont pas plus de droit d'établir en faveur ou au préjudice des hommes, comme on le démontrera, de plus en plus, dans le cours de la seconde & troisieme partie de ce cathéchisme.

CHAPITRE VIII.

Du droit de vie & de mort.

DEMANDE.

CROYEZ-VOUS que les hommes aient droit de vie & de mort sur leurs semblables?

RÉPONSE.

Pour être convaincu du contraire, il suffit de rentrer en soi-même & de sonder son cœur, dans lequel la nature & son auteur, auxquels seuls notre existence appartient, ont très-profondé-

D

ment gravé le sentiment qui nous fait abhorrer notre destruction; ce qui prouve évidemment que le droit de vie & de mort ne peut être, aux yeux de la nature & de son auteur, que la plus monstrueuse, la plus infâme & la plus féroce de toutes les servitudes humaines, ainsi que celle du droit de la guerre, qui ne peut trouver d'excuse que dans la nécessité horrible de vivre de chair humaine, & rend la condition de l'homme plus vile & plus méprisable que celle des tigres & des antropophages.

DEMANDE.

Pourquoi donc ce droit a-t-il été établi?

RÉPONSE.

Ce droit n'a été établi dans l'ordre moral ou civil que pour contrebalancer, par la crainte des supplices, l'intérêt du mal, & afin de prévenir, autant que faire se pourroit, les désastres & les monstruosités que l'ordre mercenaire, homicide & anti-social ne peut qu'engendrer; comme le droit de la guerre n'a été inventé que pour autoriser les nations à s'égorger les unes par les autres, suivant le même intérêt & les mêmes motifs que ce même ordre monstrueux en a établi de prince à prince & de peuple à peuple, pour satisfaire leur aveugle ambition & leur égoïsme insatiable que les ministres du fanatisme ont pris toute sorte de soin d'allumer, d'exciter & d'entretenir pour le malheur & la destruction des hommes, afin de s'en partager les dépouilles.

DEMANDE.

Les institutions des propriétés, des mariages & des religions, sont-elles les seules causes des malheurs & de la destruction des hommes, les uns par les autres ?

RÉPONSE.

Oui, car les hommes, par une suite nécessaire de ces institutions, s'étant emparés de tous les genres de productions du globe terrestre, comme les végétaux, les minéraux & les animaux, ainsi que de toutes les productions de l'industrie, des sciences & des arts, ne les ont fait servir qu'à multiplier, qu'à perfectionner les causes & les moyens de s'énerver, à force de jouissances, de se disputer, de se chicaner, de se tromper, de se dégrader, de s'empoisonner, de se massacrer & de se détruire avec plus d'acharnement & de commodité, les uns par les autres.

CHAPITRE IX.

De l'or & du numéraire.

DEMANDE.

QUE signifie l'âge d'or dont on nous a parlé?

RÉPONSE.

Le temps auquel les hommes vivoient dans l'union, la paix & le bonheur.

DEMANDE.

A quelle époque rapporte-t-on l'existence de cet âge?

RÉPONSE.

Les fictions des anciens poëtes en ont parlé sans nous rien apprendre des moyens par lesquels cette union, cette paix & ce bonheur s'opé-roient.

DEMANDE.

Pourquoi l'appelle-t-on l'âge d'or?

RÉPONSE.

Ce n'est que pour exprimer le prix & la valeur de cet âge, à cause que l'or , par une suite des égaremens de l'égoïsme des hommes, est devenu le genre de propriété auquel les hommes ont attaché le plus de valeur & le plus grand prix.

DEMANDE.

Ce n'étoit donc pas l'or qui faisoit le prix de cet âge ?

RÉPONSE.

Non, assurément, puisque pour que cet âge ait existé, il a fallu que l'usage de l'or fût inconnu, & qu'il n'y ait eu ni propriété, ni servitudes de mariages, ni tribunaux de justice, ni financiers, ni prêtres, ni distinctions chimériques ; ce qui prouve que cet âge , s'il a existé , n'a duré que le temps de l'innocence des premieres familles vivantes , sans prétentions d'aucun droit les unes sur les autres, comme cela est arrivé de nos jours , dans les premiers temps des établissemens de nos colonies. Aussi cet âge est moins une réalité & une suite d'un ordre quelconque, qu'une fiction de nos poëtes , afin de contraster avec l'âge de fer.

DEMANDE.

Que signifie l'âge de fer ?

RÉPONSE.

Le temps auquel, par une suite fatale de l'établissement du droit de propriété, des mariages & des impostures du fanatisme, qui ont fondé l'ordre mercenaire, homicide & anti-social qui aveugle encore aujourd'hui les nations, les hommes n'ont fait servir qu'à leur dégradation, leur malheur & leur destruction, toutes les choses que la nature & son auteur n'avoient établies que pour leurs fonctions, leur conservation & leurs besoins naturels, & les rendre plus faciles, plus commodes & plus agréables.

DEMANDE.

A quel usage le fer a-t-il été employé?

RÉPONSE.

A faire des armes pour se détruire plus commodément, auxquelles ils ont ajouté depuis, les armes à feu; de façon qu'aujourd'hui celui qui donneroit une recette capable de réduire d'un clin d'œil, une armée en cendre, seroit l'homme à talent le plus précieux & le plus recommandable.

DEMANDE.

L'âge de fer n'est donc pas une fiction?

RÉPONSE.

Il n'est que trop réel, pour le malheur des hommes.

DEMANDE.

A quel usage l'or a-t-il été employé?

RÉPONSE.

Il a été principalement employé, ainsi que l'argent, à la fabrique du numéraire, dont les especes en or sont les plus précieuses.

DEMANDE.

Les hommes pourroient-ils se passer de numéraire?

RÉPONSE.

Dans le véritable ordre moral ou social, oui; mais difficilement dans l'ordre mercenaire, homicide & anti-social, dont le numéraire facilite l'exécution, comme étant le signe représentatif des choses les plus essentielles à la vie, pour les personnes qui n'ont pas de propriétés territoriales, & qui n'ont que leur industrie.

DEMANDE.

L'or & l'argent étoient-ils essentiels pour établir ce signe repréfentatif ?

RÉPONSE.

Non affurément, puifque les hommes ont été les maîtres de convenir de toute autre efpece de matiere, comme a fait Lycurgue, pour prévenir la cupidité, l'avarice & le luxe, qui font les fléaux des états foumis à l'ordre mercenaire, homicide & anti - focial.

DEMANDE.

Pourquoi, fi l'or & l'argent n'étoient pas néceffaires, les avoir employés de préférence au fer dont s'eft fervi Lycurgue ?

RÉPONSE.

C'eft que, par une fuite de l'ordre monftrueux originairement établi par l'égoïfme & l'ambition des plus forts, & depuis confacré par l'égoïfme des plus fins & des plus rufés, il eft entré dans le plan de ces derniers, qui s'étoient emparés du pouvoir célefte, d'inventer, de femer, de multiplier toutes les caufes phyfiques & morales de la divifion, de la dégradation & de la deftruc-

tion des hommes , les uns par les autres , afin
d'en profiter eux feuls, à l'ombre de leurs autels , & fous la garde de leurs dieux: or , comme
l'or & l'argent font les métaux les plus rares ,
ils n'en ont permis & confacré l'ufage , en efpece
de monnoie , & ne leur ont attribué tant de valeur & de commodité, que pour exciter davantage la cupidité naturelle des hommes ; de façon
que , depuis qu'avec l'or on peut acquérir tous
les autres genres de propriétés & de poffeffions ,
l'or eft devenu l'objet de la cupidité générale &
individuelle, chez toutes les nations, & que , depuis que la barbare & fanatique ambition des
Efpagnols a fait maffacrer les paifibles habitans
du Mexique & du Pérou, par la foif de l'or, elle
eft devenue infatiable chez les peuples les plus
éclairés de l'Europe, qui n'ont ceffé de fe maffacrer depuis ce temps là, pour tous les moyens
d'en acquérir, & ne s'en fervent que pour s'énerver , fe dégrader & fe détruire les uns par les
autres.

DEMANDE.

Par quels moyens pourroit-on empêcher ou
prévenir les inconvéniens défaftreux de l'or &
de l'argent, dans les états ?

RÉPONSE.

En attendant que le véritable ordre moral ou social fût établi, il seroit essentiel que la matiere qui seroit employée à la fabrique du numéraire, fût tirée de son propre sol ; il faudroit empêcher qu'il n'y eût d'autres richesses que celles de son propre sol, & que tous les moyens de pourvoir à la sûreté générale & individuelle, ainsi qu'à tous les besoins, fussent tirés de son propre sol. Les états qui tirent le principe de leur existence, de leur durée, de leur sûreté, & tous les moyens de pourvoir à leurs besoins, de leur propre sol, peuvent se comparer à la divinité ; au lieu que leur existence devient précaire & se met en servitude, lorsqu'ils se rendent dépendans d'un besoin ou d'un secours étranger ; il faudroit aussi que toutes les monnoies en or & en argent, qui seroient importées, en retour de l'exportation du superflu des productions, fussent tenues enfermées & gardées à vue, comme un magasin à poudre, dont l'explosion ne pourroit que bouleverser l'état, en substituant les fausses richesses, les faux besoins, à la place des véritables ; ce qui mettroit l'état dans une position à contenir les voisins, en cas de guerre, ou à les secourir, en cas de besoin.

DEMANDE.

Les inftitutions des propriétés, des mariages
& des religions, font-elles les feules qui confti-
tuent chez les nations, l'ordre mercenaire, homicide & anti-focial auquel elles fe font affujet-
ties ?

RÉPONSE.

Ces inftitutions en forment la bafe, & s'il y
a des différences & des contrariétés dans les opinions, dans les loix, dans l'ufage de l'autorité,
force ou pouvoir, dans la juftice & dans tous
les droits que les peuples fe font arrogés & qu'ils
ont établis, pour le maintien de ce même ordre mercenaire, homicide & anti-focial,
comme auffi afin d'en empêcher autant que faire
fe peut, les inconvéniens défaftreux, ces différences ne peuvent provenir que de la maniere
de voir & de fentir des hommes, qui varie dans
tous les climats, chez les différens peuples, &
même dans chaque individu.

CHAPITRE X.

Des opinions, des loix, de la justice, du droit.

DEMANDE.

Qu'entendez-vous par les opinions ?

RÉPONSE.

Ce font les idées & les jugemens que les hommes ont conçus & formés d'après les impreffions que font fur eux les êtres environnans, ou même les idées & les jugemens que le vice naturel de leur conftitution, qui eft l'égoïfme aveugle & féroce, leur a fait imaginer de répandre pour en impofer à leurs femblables, & les affervir à leur volonté & à leur caprice.

DEMANDE.

Qu'entendez-vous par loix ?

RÉPONSE.

Ce font les obligations que les plus forts, les

plus fins & les plus rufés ont impofées aux plus foibles, afin de maintenir leurs défaftreufes inftitutions, ou même pour en empêcher les inconvéniens funeftes, autant que faire fe peut.

DEMANDE.

Qu'entendez - vous par autorité, force ou pouvoir ?

RÉPONSE.

On entend la réunion du pouvoir & des facultés de l'âme & du corps de chaque individu dans la volonté d'un feul ou de plufieurs individus, pour le maintien de l'ordre mercenaire, homicide & anti-focial auquel les peuples fe font foumis.

DEMANDE.

Qu'entendez-vous par juftice ?

RÉPONSE.

On entend par juftice l'exercice continuel de cette même autorité, force ou pouvoir, pour le maintien de ce même ordre ; ce qu'on définit autrement, la volonté conftante & permanente de rendre à chacun ce qui lui eft dû.

DEMANDE.

Qu'entendez-vous par droit ?

RÉPONSE.

Nos jurifconfultes ont défini le droit, l'art de pratiquer ce qui eft équitable & bon, la conoiffance de ce qui eft jufte & injufte, *ars æqui & boni, jufti atque injufti notitia* (1).

DEMANDE.

Peut-il y avoir plufieurs fortes de droits?

RÉPONSE.

Il ne peut y en avoir qu'un dans le véritable ordre focial; favoir, celui de fe rendre & de fe conferver heureux les uns par les autres, comme il ne peut y avoir d'autre loi, d'autre obligation, d'autre juftice, d'autre autorité, d'autre convention que celles de ne pouvoir faire ufage de toutes les facultés de fon ame & de fon corps,

---

(1) Il eft bien étonnant que, d'après une idée auffi fublime & auffi jufte du droit en général, ceux qui l'ont conçue n'aient pas apperçu fon incompatibilité avec l'ordre monftrueux, qui n'établit que l'intérêt de l'injufte, & qu'au lieu d'étouffer cet ordre, ils ne fe foient occupés que d'un code immenfe de loix qui luttent fans ceffe contre l'injufte, & n'ont pu fervir qu'à le rendre plus incurable par le pouvoir de l'habitude, feul obftacle qu'il y ait aujourd'hui à furmonter.

que pour la pratique de ce qui eſt équitable &
bon, ni d'autre éducation que pour apprendre
ce qui eſt *juſte & injuſte*, faire contracter l'habitude du *juſte* & l'horreur de tout ce qui eſt *injuſte* : tout autre genre de loi, tout autre genre
d'obligation, tout autre genre de juſtice & d'u-
ſage du pouvoir, tout autre genre de convention, tout autre genre d'éducation, ne peuvent
être que des monſtruoſités, comme ſont toutes
celles qui conſtituent cet ordre mercenaire, homicide & anti-ſocial, ainſi que tout ce que les
hommes ont imaginé de loix, d'obligations, de
juſtices, d'autorités, de conventions & de chimeres, pour ſon maintien.

DEMANDE.

Les notions que vous nous avez données
des opinions, des loix, de l'autorité, force ou
pouvoir, de la juſtice, ne ſont donc pas celles
que l'on devroit en donner, ſuivant le véritable
ordre moral ou ſocial ?

RÉPONSE.

Cela eſt vrai ; ce ſont les notions d'après l'ordre mercenaire, homicide ou anti-ſocial, ſuivant
lequel il eſt impoſſible que les hommes puiſſent

acquérir de bonnes & véritables opinions, ni
de regles sûres pour se conduire.

DEMANDE.

Quelles devroient donc être les opinions,
suivant le véritable ordre moral & l'éducation
sociale ?

RÉPONSE.

Ce seroient celles qui, n'étant que le résultat de
l'étude de la nature, nous éleveroient à la conviction de l'existence & de notre dépendance
d'une cause premiere, à laquelle nous rapporte-
rions tout ce que nous sommes & tout ce que
nous ferions pour le bonheur de nos semblables,
en ne suivant que les mêmes regles & le même
ordre par lequel tout se régit, se conserve, se
reproduit & se perpétue dans l'univers, son ouvrage.

DEMANDE.

Quelle idée pourroit - on attacher au mot
loi, dans le véritable ordre moral?

RÉPONSE.

L'idée de l'impulsion naturelle qui détermine
le mouvement de tous les êtres animés ou inanimés, afin de leur faire remplir les fonctions relatives

latives à leur confervation & à leur reproduction, pendant tout le temps qu'ils en font fufceptibles.

DEMANDE.

Comment cette impulfion fe fait-elle remarquer ?

RÉPONSE.

Par l'action & la réaction des corps, les uns
fur les autres, dans les êtres inanimés, & par les
impreffions & les inclinations qui déterminent
les mouvemens, les actions & les fonctions des
êtres animés.

DEMANDE.

A quoi tendent les impulfions ou les loix
prefcrites aux êtres inanimés ?

RÉPONSE.

A fe foutenir, à fe conferver, à fe reproduire
& à fe perpétuer, les uns par les autres, chacun
felon fes rapports avec l'ordre par lequel toute
la maffe de l'univers fe conferve & fe perpétue.

DEMANDE.

A quoi tendent les impulfions, les inclinations
ou les loix qui déterminent les mouvemens, les
actions & les fonctions des êtres animés ?

E

RÉPONSE.

Elles tendent au même but, chez toutes les différentes especes d'animaux, notamment de ceux vivans en société.

DEMANDE.

Pourquoi donc l'ordre établi chez les hommes est-il si différent, puisqu'il opere des effets si contraires?

RÉPONSE.

C'est que les hommes, trop familiers avec la nature depuis leur enfance, ne sont frappés & ne se laissent séduire que par tout ce qui s'en éloigne, ainsi que par tout ce qui flatte le vice naturel de leur constitution, qui est l'égoïsme brutal & insocial; comme l'instinct féroce des tigres, des lions, des ours & des chevaux qui n'ont point été domptés ni apprivoisés.

DEMANDE.

Quelle idée pourroit-on attacher au mot de justice, suivant le véritable ordre moral?

RÉPONSE.

Ce terme ne devroit exprimer autre chose que l'exercice continuel de la même intelligence, de la même volonté, de la même puissance qui

ont établi les loix ou l'ordre par lequel tout se
conserve, se reproduit & se perpétue dans l'u-
nivers.

DEMANDE.

Il n'y a donc pas de différence entre l'idée de
justice & l'idée de l'ordre, puisque c'est par l'ordre que tout se conserve, & que la justice opere
les mêmes effets ?

RÉPONSE.

Il y a cette différence, que l'ordre est l'effet
ou le produit des loix que l'intelligence, la volonté, la puissance qui l'ont connu, qui l'ont
voulu, ont établies, & que la justice ne peut être
que le maintien de ce même ordre, par l'exercice continuel de cette même intelligence, de
cette même volonté, de cette même puissance,
& par le moyen des impulsions ou des loix pres-
crites à tous les êtres.

DEMANDE.

Où placez-vous cette intelligence, cette volonté & cette puissance?

RÉPONSE.

Dans la cause premiere de tout ce qui existe,
que nous appellons *dieu*, ce qui fait qu'on ne

doit entendre, par *justice divine*, que l'exercice continuel de son intelligence, de sa volonté, de sa puissance infinie pour le maintien de l'ordre, par lequel tout l'univers se régit, se conserve, se reproduit & se perpétue ; comme on ne doit entendre par justice humaine que l'exercice de la même intelligence, de la même volonté, de la même puissance des hommes, pour le maintien de l'ordre par eux originairement établi, pour se gouverner, se conserver, se reproduire & se perpétuer, abstraction faite de la question de savoir si cet ordre par eux originairement établi, est bon ou mauvais ; question la plus importante & la plus intéressante qu'ils puissent jamais avoir à examiner, à discuter & à résoudre ; d'autant qu'il paroît évident que l'ordre par eux originairement établi n'est qu'un ordre mercenaire, homicide & anti-social, qui n'a opéré jusqu'ici, n'opere, & n'opérera que la dégradation, le malheur & la destruction des hommes les uns par les autres, jusqu'à ce qu'il soit étouffé.

D E M A N D E.

L'idée que les peuples ont de la justice divine est-elle la même que celle que vous venez d'en donner ?

RÉPONSE.

Le fanatifme, de tous les tems., n'a donné de notions fur *dieu*, & de fa juftice, que d'après l'ordre mercenaire, homicide & anti-focial que fes miniftres ont rendu facré : auffi les idées fur dieu & fa juftice, comme fur la juftice humaine, font - elles parfaitement analogues a cet ordre monftrueux & défaftreux, qui, comme il veut qu'il foit de la juftice humaine d'avoir le droit de vie & de mort fur les hommes, dans ce monde, veut qu'il foit auffi de la juftice divine de les punir & de les faire brûler éternellement dans l'autre, pour fe venger des crimes ou des monf-truofités que ce même ordre ne peut qu'engen-drer.

DEMANDE.

Qu'entendez-vous par ordre en général ?

RÉPONSE.

On doit entendre par ordre, le réfultat de l'exécution des loix preferites à chacun de tous les êtres qui leur ont fait prendre, à chacun, leur place, & les ont fait arranger & claffer de façon à pouvoir remplir les fonctions néceffaires à leur confervation & à leur reproduction les uns par les autres.

E 3

CHAPITRE XI.

De l'autorité, force ou pouvoir.

DEMANDE.

QUE doit-on entendre par les termes d'autorité, force ou pouvoir, fuivant le véritable ordre
moral ?

RÉPONSE.

Dans l'ordre phyfique, l'autorité, la force ou
le pouvoir ne font que les moyens d'agir ou de
faire agir, d'exécuter ou de faire exécuter fes
volontés, que, fuivant l'ordre moral, on ne doit
apprendre à diriger que vers le bonheur de fes
femblables.

DEMANDE.

Suivant l'ordre phyfique, l'homme a donc le
droit d'agir ou de faire agir, d'exécuter ou de
faire exécuter fes volontés ?

RÉPONSE.

Il ne faut pas dire qu'il en ait le droit, car il
ne peut en exifter que dans le maître de l'univers ; mais feulement la liberté que l'homme ne

tient que de dieu, de laquelle il pourra faire usage, s'il en a les moyens.

DEMANDE.

Mais si, dans l'ordre physique, l'homme n'agit ou ne fait agir, n'exécute ou ne fait exécuter qu'à son détriment, ou de ses semblables qui n'obéiront que par force, ou par crainte, qu'en arrivera-t-il ?

RÉPONSE.

Alors il n'en pourra résulter que du mal contre lui ou contre ses semblables, qui le détesteront, & que son exemple aura autorisés à en user de même envers lui lorsqu'ils en auront les moyens, qu'ils tâcheront de se procurer par toutes les voies possibles.

DEMANDE.

C'est donc de l'usage que l'homme aura fait de son autorité, force ou pouvoir naturel, que dépend son sort dans l'ordre physique ?

RÉPONSE.

Rien n'est plus vrai ; comme dans l'ordre social ou moral, à cela près que, dans l'ordre physique, il n'est comptable qu'à lui seul de l'usage

E 4

qu'il en fait, au lieu que, dans l'ordre moral, il en eft comptable à la fociété.

DEMANDE.

Mais fi les hommes qui naiffent fans connoif-fance ni expérience fe font affociés enfemble ; fans avoir appris à faire ufage de leur autorité, force ou pouvoir naturel, pour leur plus grand avantage, ou même fe font arrangés de façon à n'en pouvoir faire ufage qu'au plus grand détri-ment les uns des autres, comme cela eft arrivé, que deviendra la fociété ?

RÉPONSE.

Alors il ne peut plus exifter de véritable lien focial, puifqu'il ne peut pas y avoir de regle fûre pour faire ufage de l'autorité, force ou pouvoir naturel de chacun des membres de la fociété, pour un plus grand avantage que dans l'ordre phyfique, ou parce qu'il n'exifte d'arran-gement ni de regle que pour en ufer au détriment de la fociété ; ce qui détruit & fait ceffer toute efpece de confentement de refter affocié ; puifque ce ne peut être pour un plus grand mal, mais pour un plus grand bien, que les hommes fe font affociés.

DEMANDE.

Quel parti doivent prendre alors les sociétés humaines ?.

RÉPONSE.

C'est de faire usage de toutes les lumieres acquises, de l'expérience de tous les siecles, ainsi que de toute l'intelligence des membres les plus éclairés & les plus sages de la société, pour vérifier & étouffer toutes les causes physiques & morales du mal ; de ne vérifier & de n'établir que celles qui ne pourront produire que le bien, sinon pour la génération présente, qui, par le pouvoir de l'habitude, sera trop accoquinée au mal, pour s'en corriger tout-à-fait, du moins pour les races futures, par l'établissement d'une éducation qui en apprenne aux enfans de la génération présente, la connoissance & la pratique, & leur en fasse contracter l'amour & l'habitude pour les transmettre aux races futures.

DEMANDE.

Où découvrir ces causes & ces moyens si salutaires ?

RÉPONSE.

Dans l'étude de la nature.

DEMANDE.

La nature offre-t-elle des exemples de l'ufage de l'autorité , force ou pouvoir naturel des hommes qui ne puiffe opérer que leur bonheur?

RÉPONSE.

Oui, fans doute ; on n'a qu'à confulter l'exemple d'une mere , fur l'ufage qu'elle fait de fon autorité , force ou pouvoir naturel, envers fes enfans ; on n'a qu'à lire dans le cœur d'une mere le principe naturel de cet ufage : que les fociétés qui ne font que les meres de tous les membres qui les compofent , comme ceux-ci n'en font que les enfans , ne s'attachent donc qu'à perfectionner cet exemple de l'ufage de l'autorité, force ou pouvoir naturel d'une mere fur fes enfans, ainfi que le principe de tendreffe qui l'a fait agir , par une éducation qui en faffe contracter l'amour, la pratique & l'habitude ; qu'on étouffe, en même-temps toutes les monftruofités qui nous ont fermé les yeux, fur un fi beau modele , qui en ont corrompu & dénaturé le principe , & qui le rendent impraticable : je me donne alors pour garant du bonheur de toutes les fociétés humaines , fans quoi je ne faurois regarder l'ufage de l'autorité, force ou pouvoir, que comme un moyen d'oppreſſion & d'aviliſſement graduels de toutes les claſſes, dans les ſociétés humaines.

CHAPITRE XII.

De la régie des ſociétés humaines.

DEMANDE.

QUE ſignifie le mot *Roi* ?

RÉPONSE.

Ce terme vient du mot latin *regere*, qui ſignifie régir. On entend donc par le mot *Roi*, la perſonne qui eſt chargée du maintien de l'ordre, & au nom duquel, par conſéquent, le pouvoir coactif & exécutif s'exerce, ſoit par lui - même, ſoit par les ſujets qu'il eſt obligé de commettre, lorſque les pays ſoumis à ſon obéiſſance ſont trop étendus, ou que le nombre de ſes ſujets eſt trop conſidérable pour qu'il puiſſe veiller lui ſeul à tous les beſoins de la régie.

DEMANDE.

Mais une fois que le véritable ordre moral &
l'éducation sociale seroient établis, seroit-il nécessaire d'avoir un roi, & en seroit-il plus heureux ?

RÉPONSE.

Oui, sans doute, parce qu'il ne peut pas y
avoir de société sans régisseur, & que cet ordre
& cette éducation n'ayant pour principe & pour
fondement que l'amour de ses semblables, ni
d'autre but que d'opérer leur bonheur, les uns
par les autres, le roi feroit, après dieu, l'objet
le plus adoré, le plus chéri de tous ses sujets, &
par conséquent le plus véritablement heureux
mortel de son royaume ; au lieu que dans l'ordre mercenaire, homicide & anti-social, qui ne
peut engendrer que le malheur, il est impossible
qu'aucun roi puisse être véritablement heureux,
non plus qu'aucun de ceux qu'il commet pour le
maintien de cet ordre, parce que cet ordre est
essentiellement vicieux, & qu'il est impossible
que le véritable bonheur naisse du vice, comme
on le verra de plus en plus (1).

---

(1) Une fois le véritable ordre moral établi suivant
les mêmes regles de l'ordre physique par lequel tout

CHAPITRE XII.

De l'Impôt.

DEMANDE.

QU'ENTENDEZ-VOUS par impôt ?

RÉPONSE.

Ce terme, s'il étoit connu dans le véritable ordre moral, ne pourroit exprimer que l'obligation naturelle & sociale de contribuer au bonheur de ses semblables, chacun au prorata de ses dispositions, force ou pouvoir naturels perfectionnés par l'éducation sociale qui en auroit fait contracter la pratique, l'amour & l'habitude.

---

se régit, se conserve & se perpétue dans l'univers, le roi seroit le chef de la société, auquel se rapporteroit l'ordre moral, ainsi que les moyens de son exécution ; comme l'ordre physique & tous les moyens par lesquels il s'exécute & se maintient se rapportent au souverain maître de l'univers.

DEMANDE.

Ce terme a-t-il une autre fignification , dans l'état actuel des chofes humaines ?

RÉPONSE.

Oui , puifqu'il n'a été inventé que pour exprimer l'obligation, qu'on appelle politique , de contribuer aux frais du maintien & de l'exécution de l'ordre mercenaire, homicide & antifocial, fuivant lequel les individus, les familles & les peuples, notamment les plus éclairés, n'ont ceffé, jufqu'à préfent, de fe divifer, de fe dégrader, de fe chicaner , de fe tromper , de s'affaffiner , de fe faire la guerre & de fe détruire les uns par les autres (1).

---

(1) C'eft encore, fi l'on veut, une explication plus technique & plus analogue à l'origine , à la caufe & aux effets de l'impôt; c'eft , dis-je, le moyen par lequel les plus fins & les plus rufés, qui fe font originairement emparé de l'autorité , force ou pouvoir célefte, ont affujetti les perfonnes & les propriétés des plus crédules , des plus foibles & des plus laborieux , à fournir ou payer les chaînes pour fe faire lier , les verges pour fe faire fouetter, & les armes pour fe faire détruire , fous l'autorité, force ou pouvoir terreftre dont s'étoient emparé les

NOTES INTÉRESSANTES.

L'HISTOIRE des Juifs nous apprend que le roi Saül fut difgracié par Samuel, pour n'avoir pas exterminé la famille d'Acab, roi des Amalécites, qu'il mena prifonnier devant Samuel, qui le mit en pieces devant Saül, de fes propres mains.

L'hiftoire des Grecs nous apprend que cinq

---

plus forts, les plus féroces & les plus fainéans, que les plus fins & les plus rufés n'ont originairement choifis, facrés, couronnés, déifiés, enforcelés & enyvrés, au nom des dieux, de toutes leurs fuperftitions, de toutes leurs bigarrures, de toutes leurs chimeres, de toutes leurs illufions, de toutes les vapeurs & fumées de l'orgueil & de l'ambition de prédominer, de commander, de faire la guerre & de conquérir l'univers, que pour fe décharger & faire retomber fur eux & leurs fubordonnés tout le fardeau, tous les dangers & tous les malheurs de l'ordre mercenaire, homicide & anti-focial qu'ils ont rendu facré, afin de ne faire fervir la puiffance des trônes que pour mener les victimes aux pieds de leurs autels, & facrifier l'univers à la rage & à l'égoïfme infatiable de leurs miniftres, comme on fe fert, dit-on, de la patte du chat pour tirer les marons du feu.

généraux d'Athenes qui venoient de fauver leur
patrie, dans un combat naval, furent condam-
nés à mort pour avoir été accufés d'avoir négligé
d'enfevelir les foldats, & que Socrate, pour
avoir embraffé leur défenfe, fut condamné, l'an-
née d'après, à boire de la ciguë.

Lifez le traité de l'impôt, fait par Samuel, au
peuple Juif, fur fa demande d'un roi, à la place
des juges.

Confultez les oracles du fanatifme : *Dabo tibi
gentes in hæreditatem tuam* .... *reddite Cæfari quæ
funt Cæfaris, & quæ funt Dei, Deo,* &c.

Lifez l'hiftoire des papes, des croifades, de
l'inquifition, du maffacre de la Saint-Barthelemi,
des vêpres Siciliennes, de la conquête du
Mexique, &c.

Réfléchiffez fur l'ufage que les nations de l'Europe les plus éclairées, mais les plus égoïftes,
ont fait jufqu'ici de l'impôt, pour appefantir les
chaînes de leur efclavage & de leur aviliffement
graduels, pour multiplier leurs befoins factices
& leurs infirmités, pour groffir leurs bataillons
& s'égorger les unes par les autres, afin d'étendre
leurs poffeffions onéreufes & inutiles, ainfi que
leur commerce & leur luxe homicides.

Confidérez l'état actuel de la France que la
nature a favorifée de façon à pouvoir fe paffer
du

du reste de l'univers ; (on sait que les troubles du dixieme siecle ont occasionné les usurpartions énormes du clergé, & engendré la féodalité qui a renversé la véritable constitution du gouvernement, à cause que, quoique très - bonne, elle n'étoit appuyée que sur le même ordre mercenaire, homicide & anti-social, qui ne sauroit souffrir rien de bon) : vous verrez que, par une suite des usurpations du clergé & de la noblesse, l'impôt n'est devenu qu'un moyen d'opprimer la classe la plus laborieuse & la plus utile, celle des cultivateurs, d'engraisser la classe des plus fainéans, des plus fourbes, des plus orgueilleux & des plus intriguans ; de substituer les fausses opinions, les fausses grandeurs, les faux titres, les faux droits, les fausses richesses, à la place des véritables; en un mot, la chimere à la réalité : vous verrez que le commerce étranger n'a servi qu'à introduire en France, comme dans tous les autres états de l'Europe, les vices physiques & moraux de tous les pays, avec une immensité d'or & d'argent, qui n'a pu engendrer que la cupidité, l'avarice, l'ostentation ; un luxe, un brigandage, une fainéantise, une frivolité, des jeux, des dissipations & des dépenses sans bornes, qui ont si fort excédé le produit de l'impôt; que, pour soute‑

F

nir le même train de vie, on a été d'abord obligé
de doubler le numéraire, par l'établissement du
papier-monnoie, de toutes sortes d'agiotage, d'u-
sure & de fraude; ensuite il a fallu avoir recours
à des emprunts, aux intérêts desquels on ne peut
plus faire face; ce qui a obligé le plus sage & le
meilleur des rois, aujourd'hui, d'assembler la nation pour y pourvoir & empêcher que la dépense
ne puisse désormais excéder la recette, par l'établissement d'un ordre de contribution proportion-
née aux facultés de chacun des membres de l'état,
sans distinction.

Voyez comme cet ordre de contribution di-
vise, alarme & révolte l'égoïsme invétéré & les
folles prétentions du haut clergé, de la haute
noblesse, ainsi que des parlemens, qui ont dit:
le *haut clergé*, nos biens appartiennent aux pauvres, ils sont sacrés, ainsi que nos personnes;
on ne peut donc y toucher sans se rendre coupable de crime de leze-majesté divine; la *haute-
noblesse* : nous avons versé notre sang pour la
patrie; nous devons donc être dispensés de ver-
ser notre argent; les *parlemens* : nous nous le-
vons de grand matin pour rendre la justice &
veiller au maintien de l'ordre public; nous devons donc jouir des mêmes privileges que le
haut clergé & la haute noblesse. Ecoutons ce

qu'on appelle *tiers-état*. Il répond au clergé : si,
comme il est très-vrai, vos biens n'appartiennent
qu'aux pauvres, c'est à l'état & au gouvernement à veiller sur l'usage que vous devez en
faire, afin d'en prévenir les abus, au préjudice
des pauvres, & des charges dont ils doivent
être grevés envers l'état, comme tous les biens
des laïcs également obligés comme vous de sou-
lager les pauvres. Comme ecclésiastiques, &
uniquement chargés du gouvernement spirituel,
vous ne pouvez, ni ne devez vous mêler, en aucune façon, du gouvernement temporel. A la noblesse : si vous avez versé votre sang pour la
patrie, nous n'avons pas épargné le nôtre ; nous
en avons même versé beaucoup plus que vous ;
puisqu'on a trouvé, pour un seul noble, trente
roturiers morts sur le champ de bataille, sans
compter que nous avons été chargés toujours de
nourrir, de payer & de loger vos soldats &
tous leurs officiers, sans compter que c'est nous
qui payons vos pensions, vos graces, vos gouvernemens, & que vous jouissez, à notre ex-
clusion, de tous les honneurs, de tous les gra-
des, de tous les bénéfices, de tous les établissemens institués en faveur de vous & de vos
enfans, le tout à notre charge, quoique vous
ne soyez que des hommes & des sujets comme

cous, pas plus utiles, ni plus laborieux que nous.
Aux parlemens : si vous vous levez de grand
matin, nous ne dormons pas, pour que vous
trouviez chez votre buvetier de quoi vous res-
taurer, pour que vous ayez une bonne voiture
qui vous mene au palais & vous ramene chez
vous, pour que vous soyez très-splendidement
logés, meublés & nourris, sans compter que,
comme la justice ne sauroit se payer trop cher,
vos secrétaires, vos procureurs, vos avocats &
vos huissiers nous mettent à la paille, au pain bis
& à l'eau, pour nous la procurer ; sans compter
que vous avez, les après-midi, les spectacles, les
jeux, les festins & les belles dames pour vous
distraire & vous délasser ; sans compter que vous
n'avez jamais fait les récalcitrans que lorsqu'il a
été question de vos intérêts personnels, comme
aujourd'hui que vous faites cause commune avec
le haut clergé & la haute noblesse, pour ne pas
contribuer comme nous, & que vous auriez
fait pendre quiconque se seroit avisé de soutenir
& de faire imprimer, comme vous l'avez fait,
que vous n'aviez pas le droit d'enregistrer un
impôt sans le consentement de la nation, six
mois avant qu'il fût question de l'impôt terri-
torial ; mais enfin, vous l'avez dit, vous l'avez
fait imprimer, & le gouvernement en est con-

venu. C'eft uno obligation éternelle que toute la
France vous aura, en ce que, par cet aveu,
quel qu'en foit le motif, vous aurez le plus contribué à lui faire ouvrir les yeux fur la néceffité
de l'établiffement d'un ordre & d'une éducation
qui ne puiffent opérer que le falut & le bonheur
individuels. C'eft en effet ce qui doit néceffairement réfulter de plus heureux du choc des opinions, des intérêts, des oppofitions, des divifions, des qnerelles & des lumieres répandues
dans tous les écrits, dans tous les cercles, dans
toutes les difputes, ainfi que de toutes les fcenes
qui agitent les provinces & tiennent les forces
du gouvernement en alarme, afin de prévenir
les fuites funeftes de tant de difcordes inévitables
dans l'ordre actuel des chofes humaines.

La machine morale n'a été montée que par
l'égoïfme aveugle des hommes ; ils ne fe font
occupés que de loix pour la foutenir. Les loix ne
font donc que des étais que l'égoïfme corrompt
avec le temps. Il n'eft donc pas étonnant que
lorfque la machine morale menace ruine, & qu'il
faut mettre un frein à l'égoïfme, pour en changer
les étais, elle n'éprouve des fecouffes très-vio-
lentes ; l'effentiel eft de ne pas en être ébranlé, ni
arrêté ; l'intelligence & le travail, foutenus par
la conftance & par l'amour du bien public, l'em-

porteront toujours fur les vices ou les foibleffes
de la conftitution naturelle des hommes aveuglés
ou corrompus. Mais eft-il vrai que , quelque
folides que puiffent paroître les nouveaux étais,
ce ne pourra jamais être qu'un palliatif , jufqu'à
ce que le véritable ordre moral & l'éducation
fociale aient pris racine ? ce qui ne peut arriver
qu'à la génération prochaine.

SECONDE PARTIE.

De l'Homme en général.

CHAPITRE PREMIER.

De l'origine de l'Homme , & de sa formation naturelle.

DEMANDE.

L'ORIGINE de l'homme est-elle connue ?

RÉPONSE.

Elle n'est pas plus connue que celle des autres animaux.

DEMANDE.

Pourquoi cela ?

RÉPONSE.

C'est que cette connoissance ne lui est pas

F 4

néceſſaire pour pourvoir à ſes beſoins phyſiques, & vaquer à ſes fonctions naturelles.

DEMANDE.

L'homme eſt il le même dans toutes les parties du globe terreſtre ?

RÉPONSE.

Suivant les relations des voyageurs il exiſte ſur la terre des hommes de diverſes couleurs, de différente taille, & on remarque que pas un ſeul ne reſſemble à l'autre, ni du côté des traits du viſage, ni du reſte du corps.

DEMANDE.

Quelle peut être la cauſe de ces différences ?

RÉPONSE.

Il eſt à préſumer qu'elles ne proviennent que de la différence originelle des germes, des impreſſions & de l'influence des cauſes ſecondes qui ont ſervi à les former, & qui varient dans tous les climats, juſques dans chaque point de l'athmoſphere.

DEMANDE.

Comment appelle-t-on les parties du corps où ſe forment les germes & les parties deſtinées à les recevoir ?

RÉPONSE.

Les parties génitales de l'homme, & les parties génitales de la femme.

DEMANDE.

Quel temps faut-il pour que ce germe se développe, se forme, s'accroisse & oblige la femme à s'en délivrer?

RÉPONSE.

On a calculé que, suivant le cours le plus ordinaire de la nature, il falloit neuf mois.

DEMANDE.

Par quels termes exprime-t-on la différence des deux sexes?

RÉPONSE.

Par le terme de garçon, si c'est un mâle, & par le terme de fille, si c'est une femelle, ce qui se connoît à la vue des parties génitales, dont la conformation est différente.

DEMANDE.

Un enfant est - il sensible, quand il vient au monde?

RÉPONSE.

Dans ces premiers inflans un enfant ne peut être fenfible, fes cris ne viennent que de l'action de l'air fur fes poumons pour le former à la refpiration qu'il n'avoit pas eue dans le ventre de fa mere.

DEMANDE.

Mais fi un enfant a vécu, fans refpirer, dans le ventre de fa mere, il pourroit donc vivre dans un bain de lait ou d'eau tiede, au moment qu'il en fort ?

RÉPONSE.

S'il y vivoit, ce ne feroit pas pour long-temps, par la raifon que la nature n'a pas indiqué ces fortes de bains pour la nourriture & la vie des enfans, & que ces expériences ne font que de vaine curiofité contre l'ordre naturel des chofes, qu'on ne viole pas impunément.

DEMANDE.

A quel âge un enfant eft-il fenfible ?

RÉPONSE.

Un enfant commence à devenir fenfible lorfqu'il commence à diftinguer les objets environnans, & que ses cris annoncent la douleur ou le besoin (1).

CHAPITRE II.

*De l'enfance & de l'éducation physique de l'homme,
vrai modele de son éducation sociale.*

DEMANDE.

Dans cet état d'insensibilité & d'impuissance, que devient l'enfant?

RÉPONSE.

La bienfaisante nature & son ineffable auteur y ont pourvu, en imprimant dans le cœur de la mere un sentiment de tendresse pour son enfant, qui la porte à braver tous les dangers pour le secourir, le conserver, & en plaçant dans son

---

(1) On a remarqué que cette sensibilité croît avec ses organes; qu'elle devient plus ou moins vive, selon qu'on a rendu ses nerfs plus ou moins délicats, par le plus ou le moins de soin que l'on a pris de le familiariser aux impressions & au contact des corps environnans.

feix une excellente nourriture, qu'on appelle du lait, qu'elle ne peut garder fans douleur, & qu'elle prend plaifir à donner à fon enfant.

DEMANDE.

Pendant combien de temps une mere eft-elle obligée d'allaiter fon enfant ?

RÉPONSE.

Jufqu'au temps où l'enfant peut broyer avec fes dents des alimens folides.

DEMANDE.

Que devient alors le lait de la mere ?

RÉPONSE.

La nature & fon ineffable auteur ont fi bien arrangé les chofes que cette fontaine de lait tarit lorfque l'enfant n'en a plus befoin, & qu'elle reparoît lorfque la mere accouche d'un autre enfant qui en profite comme le premier.

DEMANDE.

Que fait (1) le pere de l'enfant pendant ce temps-là ?

_____

(1) La paternité eft inconnue dans l'ordre phyfique, &

RÉPONSE.

La nature n'a point placé dans l'homme les mêmes reſſources, ni les mêmes ſentimens pour les enfans, que dans la femme ; ce ne ſont que les circonſtances qui déterminent le même homme à reſter auprès de la même femme, ou à s'en éloigner, ſans que l'ordre phyſique en ſoit dérangé ; au lieu que ce ne peut être que par des événemens extraordinaires & contre nature, qu'une mere puiſſe être ſéparée de ſon enfant, pendant le tems, du moins, qu'il a beſoin de ſon ſecours.

DEMANDE.

A quel âge un enfant peut-il être ſéparé de ſa mere ?

RÉPONSE.

Il peut en être ſéparé, lorſqu'il a aſſez de force, d'intelligence & d'expérience naturelles pour ſe procurer les moyens d'exiſter ſans le ſecours de ſa mere.

---

je ne me ſers de ce terme que pour exprimer les relations & le commerce naturels de l'homme avec la femme & les enfans, ſoit qu'ils proviennent du même homme ou de pluſieurs.

DEMANDE.

Qui lui a donné cette force, cette intelligence
& cette expérience ?

RÉPONSE.

L'auteur de la nature, qui l'a rendu témoin
& fufceptible de profiter des exemples & des
documens de fa mere.

DEMANDE.

Les enfans font-ils naturellement enclins à fe
féparer de leur mere ?

RÉPONSE.

Non, ou du moins fans efpoir de retour,
puifque l'habitude de vivre avec elle, de l'aimer
& d'en être aimés, leur en a fait un befoin, &
qu'il a fallu que l'auteur de la nature ait rendu le
cœur des enfans fufceptibles d'un fentiment de
retour pour leur mere, qui les porte à lui rendre
pendant fa vieilleffe les mêmes fecours qu'ils
en ont reçus pendant leur enfance.

DEMANDE.

Quels font les exemples & les documens qu'une
mere donne à fes enfans ?

RÉPONSE.

C'eſt de ſe garantir des injures des élémens, de ſe procurer les choſes néceſſaires à la vie ani-male , & de maintenir la paix & l'union en-tr'eux.

DEMANDE.

Que fait le pere des enfans , pendant ce temps-là ?

RÉPONSE.

Si le pere ne s'eſt pas ſéparé de la mere & des enfans, s'il a contribué par ſon travail & ſon intelligence au bonheur commun de la mere & des enfans, il en partagera les ſecours & l'affec-tion, pendant ſa vieilleſſe ; ſi au contraire il ne revient que pour les tyranniſer, il eſt bien na-turel de penſer qu'il n'en éprouvera que de l'a-verſion, & qu'il en ſera abandonné.

DEMANDE.

Mais s'il eſt vrai que la nature & ſon auteur aient fait naître dans le cœur de la mere & des enfans une tendreſſe mutuelle, ainſi que le deſir de ſe procurer mutuellement les moyens de ſe conſerver les uns par les autres dans la paix & l'union, il eſt donc vrai auſſi que la nature & ſon auteur ont établi, dans l'ordre phyſique, les véritables principes de l'ordre moral & de l'éducation sociale, puisque ce n'est qu'au même but que devroient tendre tous les principes, toutes les lumieres, toute l'industrie & toute l'éducation des hommes vivans en société ?

RÉPONSE.

Oui, sans doute ; tout ordre moral, toute éducation sociale qui n'auront point pour base ce même principe naturel d'amour, d'union & de travail mutuels pour se rendre & se conserver heureux les uns par les autres, ne seront fondés que sur des monstruosités qui ne pourront engendrer ni former que des monstres, dans toutes les sociétés humaines.

DEMANDE.

Quel a été le but de la nature & de son auteur, en imprimant dans le cœur d'une mere un sentiment de tendresse pour ses enfans, & en rendant celui des enfans susceptible du même sentiment pour elle ?

RÉPONSE.

Le but de la nature & de son auteur a été de répandre le plaisir & le zele sur tous leurs différens genres de fonctions, d'exercices & de tra-

vaux

vaux néceſſaires pour pourvoir à tous leurs différens genres de beſoin.

DEMANDE.

Dans cette poſition , la mere & les enfans
forment donc une véritable ſociété , dans l'ordre
phyſique ?

RÉPONSE.

Oui, ſans doute ; puiſqu'il exiſte néceſſairement entr'eux une communication de moyens de
ſe conſerver & de ſe rendre heureux les uns par
les autres , dont la mere a la régie , ainſi que l'autorité, force ou pouvoir naturels, dont elle ne fait
uſage que par un principe d'amour & de tendreſſe pour ſes enfans , qui n'obéiſſent & ne tra-
vaillent que par le même principe d'amour pour
leur mere , que leur éducation naturelle & l'habitude leur a fait contracter , & que l'ordre moral & l'éducation ſociale ne pourroient trop étu-
dier , cultiver & perfectionner, pour le bonheur
du genre humain , au lieu du principe, *do ut des,
facio ut facias* , qui n'a formé que des eſclaves &
opéré que des malheurs & des injuſtices.

DEMANDE.

Que fait le pere des enfans, pendant ce temps-
là ?

G

RÉPONSE.

Si le pere, ou plutôt le compagnon de la mere, est resté membre de cette société, s'il a été animé des mêmes sentimens d'amour, d'amitié & de zele pour la mere & les enfans, il en partagera les bénéfices, les douceurs & les agrémens; si au contaire il s'applique tout le bénéfice, s'il tyrannise la mere & les enfans, & ne leur inspire que la crainte, il n'en fera que des esclaves, qui se débarrasseront de lui aussi - tôt qu'ils en auront la force & les moyens.

DEMANDE.

Quelle différence faites - vous d'une société suivant l'ordre physique, d'avec une société suivant l'ordre moral ?

RÉPONSE.

Il ne devroit pas y avoir de différence, si ce n'est plus de perfection dans l'ordre moral que dans l'ordre physique, duquel l'ordre moral ni l'éducation sociale ne doivent jamais s'écarter, mais seulement le perfectionner.

DEMANDE.

Le principe d'amour & de tendresse qui doit être le mobile & le principe de toutes les actions

des membres d'une société doit - il s'étendre sur
nos actions & nos relations envers les sociétés ,
ou les hommes qu'on ne connoît pas ?

RÉPONSE.

Autant que faire se pourra ; mais quand même
ces principes d'amour & d'amitié ne seroient
circonscrits que dans la société dont on connoît
les membres , la nature & son auteur ont encore
imprimé dans le cœur de tous les hommes deux
vérités pour regle & pour principe de leurs actions & de leurs relations mutuelles , sans qu'ils
se connoissent.

DEMANDE.

Quelles sont donc ces deux vérités ?

RÉPONSE.

La premiere , c'est de ne point faire aux autres
ce que nous ne voudrions pas qu'ils nous fissent.
La seconde , c'est de faire pour les autres ce
que nous voudrions qu'ils fissent pour nous.

DEMANDE.

Les hommes ne se conduisent donc pas suivant
ces deux vérités ?

RÉPONSE.

Cela n'est pas possible, depuis qu'ils ont établi un intérêt contraire, par l'ordre mercenaire, homicide & anti-social, auquel leur égoïsme aveugle & féroce les a originairement assujettis & habitués, de façon que, tant que cet ordre monstrueux subsistera, comme pendant tout le temps qu'il a subsisté, ils ne pourront, comme ils n'ont pu, avoir de regle sûre, ni pour s'éclairer, ni pour se conduire, si ce n'est que pour être sans cesse en contradiction avec eux-mêmes; si ce n'est que pour extravaguer, se diviser, se dégrader, se chicaner, se tromper, se faire la guerre & se détruire les uns par les autres.

DEMANDE.

Comment un ordre aussi monstrueux a-t-il pu s'établir & se perpétuer ?

RÉPONSE.

C'est que les hommes, parvenus dans l'âge de force, n'ont consulté, pour regle de leur conduite & leurs relations, que leur égoïsme, qui est, à l'égard des hommes, ce qu'est l'instinct féroce a l'égard des brutes qui ne vivent point en société, comme les chevaux, & qu'il ne s'est trouvé perfonne d'affez de force, d'expérience & de lumiere pour les conduire, pour les éclairer & leur faire fentir les conféquences défaftreufes de leur conduite, & leur en prefcrire ou enfeigner une meilleure.

CHAPITRE III.

De l'Homme, dans l'âge viril.

DEMANDE.

QU'ENTENDEZ-vous par l'âge viril ?

RÉPONSE.

J'entends exprimer cet âge auquel l'homme eft parvenu dans fa plus grande force , pour ne dé-pendre que de lui-même & des caufes fecondes.

DEMANDE.

Qu'entendez - vous par ne dépendre que de lui-même ?

RÉPONSE.

J'entends exprimer la liberté naturelle de faire

G 3

l'ufage que bon lui femblera des facultés de fon ame & de fon corps.

DEMANDE.

Cette liberté eft-elle un avantage pour lui ?

RÉPONSE.

C'eft felon l'ufage qu'il en fera, foit relative-ment à lui, foit relativement à fes femblables.

DEMANDE.

Qu'entendez - vous par fa dépendance des caufes fecondes ?

RÉPONSE.

J'entends exprimer toutes les caufes naturelles & accidentelles par lefquelles il eft confervé ou détruit, ou qui peuvent contrarier ou favorifer l'ufage des facultés de fon ame & de fon corps.

DEMANDE.

Dans cette pofition brute & fauvage , com-ment l'homme fe conduira-t-il ?

RÉPONSE.

S'il a un goût dominant pour les femmes , il s'emparera de toutes celles qui feront de fon goût; s'il eft le plus fort & le plus adroit, &

qu'il foit animé du defir de prédominer , il for-
cera fes femblables à lui obéir , il s'emparera du
fruit des travaux des plus foibles , il fuivra l'exemple des chevaux , des tigres & des lions , jufqu'à
ce qu'il foit contraint de céder ou de fuccomber
aux attaques d'un plus fort que lui ; comme on
voit les taureaux, parvenus dans leur plus grande
vigueur , forcer les plus vieux , qui font leurs
peres , à leur abandonner les géniffes & les pâ-
turages.

---

(1) C'eft ainfi qu'originairement l'homme brute &
fauvage, ne confultant que le vice naturel de fa conftitution, qui eft l'égoïfme aveugle & féroce, a fondé l'or-
d e mercenaire, homicide & anti-focial , que l'égoïfme,
également féroce & aveugle , des plus fins & des plus
rufés ont rendu facré , en s'emparant des puiffances céleftes, comme ils fe font emparés & qu'ils s'emparent
encore aujourd'hui de nous , à notre naiffance , à notre
mariage & à notre mort , afin de nous mieux affujettir à
leur joug , & nous en faire un devoir faint & facré.

CHAPITRE IV.

De la vieilleſſe & de la fin de l'Homme.

DEMANDE.

Que devient l'homme, quand il eſt vieux?

RÉPONSE.

S'il commande, il n'eſt point obéi ; s'il attaque, il ſuccombe. Ce n'eſt que dans ces derniers inſtans de ſa vie & de ſa miſere, dont il fut lui-même l'artiſan, qu'inſtruit, mais trop tard, par ſon expérience, il commence à apprécier à leur juſte valeur les poſſeſſions, les jouiſſances & les plaiſirs de cette vie paſſagere ; c'eſt dans ces derniers inſtans que ſes regards ſe fixent, pour la premiere fois, vers le ciel, la terre & ſur tous les objets qui l'environnent, & que, rentrant en lui-même, il découvre au fond de ſon cœur ces deux vérités, que la nature & ſon auteur y avoient gravées, de ne point faire à autrui ce qu'il n'au-roit pas voulu qu'on lui fît, & de faire pour autrui ce qu'il auroit voulu qu'on fît pour lui. Trop heureux encore fi, dans ces derniers inftans, il ouvre les yeux & meurt accablé de regret & de repentir de n'avoir vécu que pour le malheur de fes femblables.

DEMANDE.

Que devient l'homme après fa mort ?

RÉPONSE.

Son corps de diffout, fe corrompt ; il infecte plus ou moins, felon qu'il s'eft plus ou moins livré à tous les genres d'excès qui en ont perverti & empoifonné les fluides & les folides ; ce qui a été caufe qu'autrefois on le brûloit dans les pays où le bois étoit commun, qu'on le parfumoit dans les pays où les parfums étoient moins rares que le bois, & qu'on l'enterre dans les pays où le bois & les parfums font plus rares.

DEMANDE.

Et fon ame, que devient-elle ?

RÉPONSE.

Cette demande eft hors d'œuvre, puifqu'il n'eft queftion, quant à préfent, que de l'établiffement d'un ordre & d'une éducation qui affurent le bonheur de l'homme dans cette vie, même chez un peuple d'athées ou de matéria-listes, supposé qu'il y en eût un (1).

CHAPITRE V.

Des vérités ou des principes de la morale naturelle, qui ne demandent qu'à être étudiés & perfection-nés par l'éducation sociale, pour assurer à jamais la paix & le bonheur universels.

DEMANDE.

QUELS sont les principes de la morale naturelle de l'homme, pour diriger ses actions & régler sa conduite suivant l'ordre physique ?

RÉPONSE.

Ce sont les émotions, les mouvemens & les agitations qu'excitent dans son ame & dans son corps les cris de la douleur ou de la joie.

(1) On traitera de la destinée future de l'homme dans la troisieme partie de ce cathéchisme, qui n'en établira le fondement & l'espoir que sur la constitution naturelle de l'homme.

DEMANDE.

Quelle peut être la cause de ces émotions, de ces mouvemens & de ces agitations ?

RÉPONSE.

La sensibilité naturelle de l'homme.

DEMANDE.

La sensibilité naturelle est donc la cause & le fondement de la morale que la nature enseigne à tous les hommes ?

RÉPONSE.

Oui, puisque si nous étions insensibles comme le marbre, il nous seroit indifférent d'être taillés en pieces, & parce qu'alors nous n'aurions ni douleur, ni plaisir, ni besoins sensibles.

DEMANDE.

Pourquoi la nature a-t-elle établi la douleur ?

RÉPONSE.

Pour nous avertir du dérangement dans notre organisation, afin de nous obliger d'y remédier.

DEMANDE.

Pourquoi la nature a-t-elle rendu nos besoins sensibles ?

RÉPONSE.

Pour nous obliger d'y pourvoir.

DEMANDE.

Pourquoi la nature a-t-elle inſtitué le plaiſir?

RÉPONSE.

Pour nous rendre l'exiſtence agréable & nous intéreſſer à la conſerver.

DEMANDE.

Y a-t-il pluſieurs ſortes de douleurs, de beſoins & de plaiſirs ?

RÉPONSE.

Oui ; il eſt des douleurs plus ou moins ai-guës, des beſoins plus ou moins preſſans, des plaiſirs plus ou moins vifs.

DEMANDE.

Quelles ſont les cauſes des douleurs, des beſoins & des plaiſirs ?

RÉPONSE.

Les bleſſures, les maladies, produiſent les douleurs ; la faim, la ſoif, la fatigue, la néceſſité de ſe débarraſſer des ſécrétions & des excreſſions du corps , produit les beſoins , comme tout ce qui affecte agréablement l'ame & le corps, produit le plaiſir.

DEMANDE.

Tous les hommes naiſſent-ils avec la même ſenſibilité , les mêmes inclinations , les mêmes diſpoſitions & le même génie ?

RÉPONSE.

Non , puiſqu'on remarque qu'il y a preſqu'autant de différence & de nuances dans la maniere de ſentir & de voir , chez les hommes , que dans la forme du corps, la couleur & les traits du viſage.

DEMANDE.

Pourquoi la nature a-t-elle établi ces différences & ces nuances ?

RÉPONSE.

Afin de multiplier les moyens de pourvoir à tous nos différens genres de beſoins, & de varier nos plaiſirs & nos agrémens.

DEMANDE.

Comment appellez - vous les avantages & les défauts extraordinaires qui ſe font remarquer dans la conſtitution naturelle des hommes ?

R É P O N S E.

J'appelle les premieres vertus phyſiques & les défauts, vices naturels ou phyſiques, comme d'être né avec un membre de moins ou un eſprit de travers, & des inclinations contre nature.

D E M A N D E.

D'après la connoiſſance de ces principes de la morale naturelle & de la conſtitution auſſi naturelle des hommes, comment les ſociétés humaines devroient-elles ſe conſtituer, s'éduquer & ſe gouverner pour le plus grand avantage des aſſociés ?

R É P O N S E.

C'eſt de ſe conſtituer & de s'arranger de façon à pouvoir connoître & éviter toutes les cauſes de la douleur, à s'éduquer de façon à ſe procurer, les uns par les autres, toutes les cauſes & tous les moyens de pourvoir à leurs beſoins & de les rendre plus faciles, plus commodes & plus agréables ; c'eſt de ne rapprocher les cauſes du plaiſir qu'autant que l'intérêt du repos de l'ame & de la ſanté du corps l'exigera ; c'eſt de plaindre & de ſoulager les vices naturels, ſi on ne peut les corriger ; c'eſt de ne faire ſervir les vertus naturelles, & de ne les diriger que pour

le plus grand avantage ou le bonheur général &
individuel de la société, sans qu'il soit permis de
s'en prévaloir, mais bien de s'en humilier intérieurement devant le tout-puissant maître de la
nature de qui nous les tenons, pour nous avoir
fait contracter plus d'obligation qu'au commun
de nos semblables, en nous donnant plus de
moyens d'opérer leur bonheur.

DEMANDE.

Pourquoi ces restrictions & ces ménagemens
pour le plaisir ?

RÉPONSE.

Parce que l'habitude du plaisir altere à la lon-
gue la paix & le contentement de l'ame, ainsi
que les organes & la santé du corps, sans lesquels plus de plaisir, & avec lesquels tout est
plaisir.

DEMANDE.

Quel est le genre de plaisir vers lequel les
hommes se sentent le plus inclinés?

RÉPONSE.

C'est celui que la nature & son auteur ont
attaché au commerce & à l'union de l'homme
avec la femme.

DEMANDE.

Pourquoi cela ?

RÉPONSE.

C'eſt qu'il paroît que le but principal de l'auteur de tous les êtres a été d'en conſerver & d'en
perpétuer chaque eſpece, & que ce n'eſt que dans
cette vue qu'il a établi dans la conſtitution naturelle de l'homme & de la femme le penchant le
plus impérieux l'un pour l'autre, & attaché tant
de charmes à leur commerce & à leur union.

DEMANDE.

Ce n'eſt donc pas pour nous que ce plaiſir a été
établi dans notre conſtitution naturelle ?

RÉPONSE.

Non ; au contraire, puiſqu'il eſt de fait que
l'homme & la femme peuvent exiſter ſans ſe reproduire, & que plus on ſe livre à ce plaiſir,
plus on s'énerve, & plutôt on ſe détruit (1).

_____

(1) Le ratichiſme des enfans, & les vices de leur
conſtitution ne viennent que des excès des peres & meres, dans ce genre de jouiſſance, ainſi que de leur mauvais régime de vie.

DEMANDE.

DEMANDE.

Quelle doit en être la regle ?

RÉPONSE.

C'eſt de ne s'y livrer que pour répondre aux vues de la nature & de ſon auteur, ſans que le repos de l'ame, ni la ſanté puiſſent en être altérés,

DEMANDE.

Quels ſont les autres genres de plaiſir que la nature a établis dans la conſtitution naturelle des hommes ?

RÉPONSE.

Ce ſont ceux que nous éprouvons dans l'uſage des choſes que nous employons pour appaiſer la faim, la ſoif, le froid, la chaleur, ainſi que dans tous les moyens de pourvoir à toutes nos fonctions & beſoins naturels, afin de les rendre plus faciles, plus commodes & plus agréables.

DEMANDE.

Quelle doit en être la regle ?

RÉPONSE.

C'eſt de n'en uſer qu'avec beaucoup de choix

H

& fans excès , afin d'en jouir plus long - temps,
avec un plaifir toujours nouveau.

DEMANDE.

Sont - ce là tous les genres de plaifir naturels ?

RÉPONSE.

Les vertus naturelles , par leur culture & l'ufage
qu'on doit en faire , font encore une fource de
plaifir & de contentement.

DEMANDE.

Quelle doit en être la regle ?

RÉPONSE.

C'eft , comme on l'a déjà dit , de ne s'en fervir que pour opérer le bonheur de fes femblables , fans s'en prévaloir , mais bien d'en rapporter tout le mérite à l'auteur de l'univers ; rien
ne peut égaler la fatisfaction intérieure de s'en
humilier , par la conviction que tout lui appartient.

DEMANDE.

Pourquoi les hommes n'ont-ils pas fuivi cette
morale & ces regles ?

RÉPONSE.

C'eſt que les hommes, depuis qu'ils ont abandonné la nature, pour ne conſulter & ne ſuivre
que leur égoïſme, comme les bêtes féroces leur
inſtinct naturel, ne peuvent avoir de regle
ſûre, ni pour s'éclairer, ni par conſéquent pour
ſe conduire (1) ?

---

(1) Delà vient que le penchant qui domine les deux
ſexes, l'un pour l'autre, n'eſt devenu qu'une cauſe de
trouble continuel du repos de leur ame & d'épuiſement
de leur corps, qu'une cauſe de jalouſie, de tyrannie, de
meurtre & de maſſacre.

Delà vient que les moyens d'appaiſer la faim, la ſoif,
le froid & la chaleur ont été ſi multipliés, ſi variés, ſi
rafinés, ſi excédés, qu'ils ſont devenus & qu'on doit les
regarder aujourd'hui plutôt comme des moyens de ſe
détruire, que comme des moyens de ſe conſerver.

Delà vient que les vertus naturelles ne ſont devenues
que des moyens de ſe diviſer, de ſe dégrader, de ſe
tromper, de s'emparer de tout & de ſe détruire les uns
par les autres, pour ſatisfaire ſon égoïſme aveugle & inſatiable, dont il ſemble que la nature n'ait infecté le
germe de l'homme, que pour le mettre à même de ſe
rendre digne ou indigne de ſa deſtinée préſente & future,
ainſi qu'on l'établira dans la troiſieme partie de ce caté-
chiſme.

Delà vient que le génie des Calcas, le courage des

DEMANDE.

Comment prouverez-vous que tout ce que les hommes ont originairement inftitué & pratiqué jufqu'à préfent, n'eft point dans la nature ?

RÉPONSE.

Il eft métaphyfiquement certain que tout appartient à la nature & à fon auteur, & les hommes ont voulu que tout leur appartînt ; en conféquence ils fe font tout approprié, à l'exclufion les uns des autres. La nature n'a point établi les fervitudes du mariage, & les hommes les ont établies. Il eft de fait que la nature n'a point établi des dieux, ni d'obligation de les

_____

Achilles, des Hector, des Alexandre, la fageffe des Uliffes, n'ont été employés, dans tous les temps, qu'à tromper, qu'à féduire, qu'à divifer, qu'à dégrader, qu'à détruire, qu'à maffacrer fes femblables ; comme les talens les plus rares de l'intelligence humaine, depuis Homere jufqu'à Voltaire, n'ont été employés qu'à chanter, qu'à confacrer la mémoire de tant d'impoftures, d'horreurs & de maffacres que nous admirons & regardons encore comme une regle infaillible de notre jugement & de notre conduite. Delà vient auffi que toutes nos bibliotheques ne font remplies que d'une immenfité de volumes qui ne peuvent fervir qu'à l'entretien de nos illufions, de nos monftruofités & de nos malheurs.

adorer, ni des enfers, ni des récompenses, ni des peines, & les hommes les ont établis. Il est de fait évident que la nature n'a point établi un dieu des armées, ni un droit de la guerre, ni le fer, ni le feu, ni tous les autres moyens de se massacrer, & les hommes les ont établis : la nature n'a pas établi le droit de vie & de mort, ni un dédale de loix qui ne sont que des preuves du vice de l'ordre, & des moyens de le rendre incurable, & les hommes l'ont établi. La nature n'a point établi toutes les chimeres de rang, de dignité, de grandeur, de gloire, d'honneur, d'héroïsme, de noblesse, & les hommes les ont établies. La nature n'a point établi une valeur pour l'or & l'argent, ainsi que pour toutes les autres productions du globe terrestre, & les hommes en ont établi. La nature n'a point établi tous les rafinemens des mets & des liqueurs, ni les jeux ruineux, ni l'illusion des spectacles, ni les frivolités & les superfluités qui ne servent qu'à épuiser les facultés du corps & de l'ame, qui finissent par faire périr d'ennui & de chagrin, ce sont les hommes qui les ont inventés & établis.

DEMANDE.

Pourquoi les hommes, depuis qu'ils ont abandonné la nature, & par conséquent son auteur, ne peuvent-ils plus avoir de regle sûre ni pour s'éclairer, ni pour se conduire?

RÉPONSE.

C'est qu'il ne peut y avoir de vérité pour s'éclairer, ni de regle sûre pour se bien conduire, que dans la nature, & que l'homme n'en a pris que dans son égoïsme & les fantômes de son imagination, qui n'ont pu que l'aveugler & le perdre.

DEMANDE.

Comment cela?

RÉPONSE.

C'est que l'homme, faisant partie essentielle de la nature, ne peut trouver ailleurs que dans la nature les moyens de s'éclairer & de se conduire pour accomplir les vues de la nature & de son auteur, & que leur ouvrage seroit manqué s'ils avoient mis ailleurs que dans la nature, & hors du ressort de l'intelligence & du pouvoir naturels de l'homme, les moyens de s'éclairer & de se conduire; qu'ainsi tous les autres moyens qui ne sont point dans la nature, ni à la portée de l'intelligence & du pouvoir naturels de l'homme, ne peuvent pas être faits pour lui, ni l'obliger, mais l'aveugler, l'égarer & le perdre, comme l'expérience de tous les siecles ne l'a que trop malheureusement prouvé.

DEMANDE.

Mais pourquoi la nature & son auteur n'ont-ils pas mis les hommes dans l'heureuse impuissance de tourner contre eux-mêmes les moyens qui leur ont été prodigués pour se rendre & se conserver heureux les uns par les autres ?

RÉPONSE.

Q'importe à la nature & à son auteur, que les hommes se dégradent, s'oppriment & se détruisent ? L'espece ne se perdra pas plus à l'avenir que par le passé, & c'est là le but principal de la nature. Tant pis pour les hommes, si, ayant tant de moyens pour se rendre & se conserver heureux, ils ne s'en servent que pour se rendre malheureux & se détruire.

DEMANDE.

Mais encore, ne vaudroit-il pas mieux que la nature & son auteur n'eussent formé les hommes que pour opérer leur bonheur, au lieu de leur malheur ?

H 4

RÉPONSE.

Non ; parce que fi la perfectibilité & la liberté d'opérer leur bien ou leur mal n'étoient pas dans la conftitution naturelle de l'homme, fa condition feroit égale à celle des brutes vivant en fociété, chez lefquelles la nature a établi différentes fortes de gouvernemens, avec des regles fûres pour fe conduire & parvenir à leurs fins.

DEMANDE.

A quoi fervent cette perfectibilité & cette liberté, fi les hommes ne les emploient qu'à leur plus grand détriment ?

RÉPONSE.

C'eft que fans cette perfectibilité, cette liberté dont il n'eft que trop vrai que les hommes n'ont fait ufage que pour rendre leur condition plus miférable que celle des brutes, l'homme feroit dans l'impuiffance d'acquérir aucune efpece de mérite auprès de la nature & de fon auteur, qui n'ont établi cette perfectibilité & cette liberté, que pour le mettre à même de fe rendre digne ou indigne de fa deftinée préfente & future, comme on l'établira dans la troifieme partie de ce catéchifme.

CHAPITRE VI.

Du stupide & fatal pouvoir de l'habitude & des moyens d'établir l'éducation sociale, sans rien changer dans le régime actuel de la génération présente.

DEMANDE.

COMMENT, depuis tant de siecles que les hommes doivent être fatigués de se dégrader & de se détruire les uns par les autres, avec les lumieres & l'expérience de tant de siecles, peuvent-ils conserver encore un ordre aussi monstrueux ?

RÉPONSE.

C'est que cet ordre a été établi par le vice de la constitution naturelle de l'homme, qui est l'égoïsme, & que le stupide & fatal pouvoir de l'habitude qu'il en a contracté est devenu plus que moralement invincible.

DEMANDE.

Mais les chefs des sociétés humaines, qui ne doivent se guider que par les lumieres & l'expérience, auroient dû & devroient encore y pourvoir?

RÉPONSE.

Les chefs des sociétés ne sont que des hommes élevés & habitués au même ordre ; les meilleurs régisseurs n'en sont que plus à plaindre, parce qu'ils en souffrent davantage, & qu'il faudroit qu'ils fissent de plus grands efforts pour triompher de l'égoïsme & des préjugés (1).

DEMANDE.

On vante cependant beaucoup les loix de Lycurgue & de Solon.

RÉPONSE.

Lycurgue bannit l'or de Lacédémone, & le

_____

(1) L'histoire nous apprend que les régisseurs les plus éclairés & les moins égoïstes, n'ont pas apperçu le vice de cet ordre monstrueux, & qu'ils ne se sont occupés que de loix pour en prévenir les désastres autant que faire se pourroit, comme les plus sages philosophes ne nous ont laissé que de très-sublimes maximes de morale, que cet ordre rend impraticables au plus grand nombre.

luxe; il établit différentes claffes de citoyens ; fuivant leur âge, qui vivoient, chacune à la même table, fur laquelle on ne fervoit qu'une fauce pour tout ragoût; de façon que le corps ne pouvoit que croître & fe maintenir en fanté & en force, jufques dans l'âge le plus avancé, lequel étoit le plus refpeété; il n'établit la loi de vaincre ou de mourir, que pour la défenfe de la patrie : il fit confentir à un partage égal des ter- res, pour mettre de l'égalité dans les fortunes (il ne lui en auroit pas coûté davantage de réta- blir la communauté naturelle, & il eût mieux fait) ; il ne manquoit aux loix de Lycurgue que de rendre la condition des ilotes & des prêtres égale à celle des citoyens, en aboliffant l'efcla- vage & les monftruofités du fanatifme ; de fup- primer le droit de propriété & les fervitudes du mariage, d'établir pour chaque claffe de citoyens une éducation pour la connoiffance & la pratique de tous les moyens de pourvoir à tous les be- foins individuels, & d'offrir aux nations voifi- nes le fuperflu des productions, en cas de di- fette, & les forces de l'état, en cas d'attaque in- jufte ; il ne manquoit, dis-je, à Lycurgue, que d'achever ainfi fon code pour le rendre parfait & apprendre à l'univers que ce n'eft pas pour fe détruire, mais pour fe conferver les uns par les autres ; que la nature & son auteur ont fait naître les hommes.

Quant à Solon, ses loix sont une preuve qu'il n'a rien vu du vice de l'ordre qui régnoit alors, comme aujourd'hui, puisqu'il ne l'a pas attaqué de front, comme les belles loix de Lycurgue.

DEMANDE.

Ne pourroit - on pas ajouter au code de Lycurgue ce qui lui manquoit pour le rendre parfait ?

RÉPONSE.

On le pourroit, sans doute ; mais qui sait si celui qui l'entreprendroit en seroit quitte pour un œil, comme Lycurgue.

DEMANDE.

Mais on dit que les institutions qui peuvent convenir à un petit état, comme étoient alors Lacédémone & Athênes, ne pourroient pas convenir à un grand état, comme la France.

RÉPONSE.

Les grands, comme les petits états, n'ont jamais eu que le même ordre mercenaire, homicide & anti - social, qui a toujours perdu les grands comme les petits états : or, le véritable ordre moral est le seul capable de conserver les grands comme les petits états.

DEMANDE.

Mais si les obstacles à l'établissement du véritable ordre moral ne viennent que de la malheureuse habitude qu'on a contractée de l'ordre mercenaire, homicide & anti-social, rien n'empêche de consentir à l'établissement d'une éducation qui apprenne le véritable ordre moral aux enfans, qui le transmettront à la postérité ; les choses restant dans l'état qu'elles sont, pour la génération présente des peres, des meres & de tous les autres qui n'auront pas la force de rien changer dans leur régime, ni de renoncer à leurs préjugés.

RÉPONSE.

Oui, sans doute, ce seroit le parti qu'il y auroit à prendre ; mais un seigneur voudra-t-il consentir à ce que son enfant soit élevé avec le fils de son fermier ou de son valet de chambre, comme Henri IV fut élevé ? Il s'en trouveroit peut-être quelqu'un d'assez raisonnable ; ce ne seroit pas le plus grand nombre : il en est qui sont si entichés & aveuglés des chimeres de leur naissance & de leurs privileges, qu'ils aimeroient

mieux les étouffer ou en être étouffés plutôt que
d'y confentir.

Mais le gouvernement, mais la nation affem-
blée ne pourroient-ils prendre fur un objet, le
plus important qui ait jamais exifté, un parti dé-
cifif ?

C'étoit le projet du grand cœur d'Henri IV,
d'opérer la paix & le bonheur univerfels. Faffe
le tout-puiffant auteur de la nature, que fes def-
cendans, animés du même defir & des mêmes
vues, foient plus heureux ; mais la nation françoife eft fi divifée, fi moleftée, fi aveuglée, fi
acoquinée par l'égoïfme infatiable des corps op-
preffeurs qui la divifent & l'arment contre elle-
même, à caufe des poffeffions immenfes & des
privileges fans bornes ufurpés ou furpris à la religion des monarques, qu'on n'y diftingue plus que
deux claffes d'hommes, foit dans ce qu'on appelle clergé & nobleffe, foit dans ce qu'on appelle tiers-état ; favoir, celle des dégradans,
déprédans, preffurans & écrafans, & celle des
dégradés, déprédés, preffurés & écrafés ; de façon que fi la bonté du cœur du monarque l'oblige
d'affembler la nation pour remédier aux maux

qu'un ordre auffi monftrueux n'a pu qu'engendrer, il faudra néceffairement en étouffer les caufes & les effets, finon le palliatif qu'on fera forcé de donner pour foutenir, en attendant, la machine morale, ne fervira qu'à rendre les caufes & les effets de cet ordre défaftreux plus incurables & plus funeftes à la poftérité.

DEMANDE.

Sur quel fondement pourroit-on fupprimer ces droits, ces privileges & ces chimeres?

RÉPONSE.

Sur le fondement de l'expérience de tous les fiecles, qui conftate que toutes les corporations dans les états, n'ont opéré que des divifions & des chocs d'intérêt qui en ont entraîné la ruine & la perte; fur le fondement de l'ordre par lequel tout l'univers fe régit, fe conferve & fe perpétue; fur le fondement des lumieres acquifes, qui veulent qu'il ne puiffe exifter d'autre droit parmi les hommes, que celui de fe rendre & de fe conferver heureux les uns par les autres, & que tout droit, toute inftitution qui n'aura pas le même principe, le même fondement, ni le même but, ne puiffe être qu'une monftruofité.

DEMANDE.

Que deviendroient alors les diftinctions morales & l'inégalité des conditions ?

RÉPONSE.

Elles ne feroient fondées que fur les diftinctions phyfiques ; les citoyens qui feroient nés
avec le plus d'intelligence ou de force feroient
deftinés à remplir les fonctions qui demande-
roient le plus d'intelligence ou de force, fans
qu'il leur fût permis de s'en prévaloir vis-à-vis
de leurs concitoyens, dont le cœur leur tien-
droit bon compte de leurs talens & de leur zele ;
mais feulement, comme on l'a déjà dit, de s'en
humilier intérieurement devant le maître de l'u-
nivers. Tout autre genre de diftinction & d'inégalité, parmi les hommes, toute autre maniere
de s'en glorifier, ne peuvent être que des chimeres ou des monftruofités de l'égoïfme aveugle
& féroce, feul ennemi que l'homme ait à dompter, à combattre & à vaincre, s'il veut fe rendre digne de fa deftinée préfente & future.

DEMANDE.

Que deviendroient les propriétés ?

RÉPONSE.

RÉPONSE.

En attendant qu'elles fuffent profcrites, comme étant inconciliables avec les droits de la nature & de fon auteur, comme étant la caufe de tous les malheurs du genre humain, comme étant inutiles, les propriétaires de chaque paroiffe, feroient tenus de contribuer, chacun au prorata de leurs facultés, aux frais de l'établiffement pour la nouvelle éducation fociale des enfans, defquels les meres ou les perfonnes par elles commifes, viendroient prendre foin, jufqu'à ce qu'ils fuffent en âge de s'en paffer.

DEMANDE.

Où établiroit-on les écoles publiques?

RÉPONSE.

Dans les églifes, dans les maifons des religieux, que l'on affranchiroit de leurs fervitudes, fans toucher à leurs revenus, ni à leurs préjugés, ni à leur coftume, ni à leur régime de vie, & dont les terres feroient cultivées par les nouveaux éleves, de même que celles des autres propriétaires, fans autre rétribution que celle du néceffaire pour les nouveaux cultivateurs & les maîtres qui préfideroient à leurs travaux; on établiroit auffi

I

des ateliers pour tous les différens genres d'exercice, d'induftrie, d'art, de fcience, dont les
matieres premieres feroient fournies par les propriétaires, qui s'en égciferoient pendant toute
leur vie; les frais de l'entretien ou du néceffaire
des nouveaux éleves & des maîtres, duement
prélevés.

DEMANDE.

Qui feroit chargé de leur apprêter & porter à
manger?

RÉPONSE.

Les meres ou les perfonnes par elles commifes, ayant foin de ne permettre que les alimens
les plus fains.

DEMANDE.

Que deviendroient les mariages?

RÉPONSE.

On n'établiroit de regles, pour l'union de
l'homme & de la femme, parmi les nouveaux
éleves, que celles qui ne pourroient tendre qu'à
accomplir les vues de la nature & de fon auteur,
qu'à bonifier & augmenter la population, ou
même à en arrêter le trop grand progrès; il n'y
auroit alors que des peres, des meres, des freres

& des sœurs : la nature ni son auteur n'ont point établi d'autres degrés de parenté, ni d'autre obligation que celle de s'aimer & de se rendre heureux les uns par les autres.

DEMANDE.

Où éleveroit-on les meres & leurs filles ?

RÉPONSE.

Dans des temples magnifiques.

DEMANDE.

Pourquoi des temples ?

RÉPONSE.

Pour réparer les torts que les hommes leur ont faits jusqu'ici, & pour faire revivre tous les titres que la nature & son auteur ont établis en faveur de la femme, pour le bonheur du genre humain.

DEMANDE.

Quels sont ces titres ?

RÉPONSE.

Les voici : le premier est d'être la mere du genre humain, puisque c'est dans ses entrailles que la nature & son auteur ont déposé le germe de notre exiſtence, & qu'à ce titre, elle eſt, à notre égard, ce qu'eſt la nature à l'égard de toutes ſes productions.

Le deuxieme eſt de nous tenir ſous ſa dépendance, pendant tout le temps que nous ne pouvons exiſter que par ſes tendres ſoins, & qu'à ce titre elle eſt, à notre égard, ce qu'eſt le maître de l'univers, à l'égard de la nature entiere.

Le troiſieme eſt, que la nature & ſon auteur ont imprimé dans le cœur d'une mere un ſentiment de tendreſſe pour nous, qui la fait frémir du moindre danger qui nous menace, la fait voler à notre ſecours, qui lui fait inventer toutes ſortes de moyens de nous conſerver, de nous complaire & de nous rendre heureux, & qu'à ce titre, ce n'eſt que dans le cœur d'une mere que la nature & ſon auteur ont jetté les véritables & les plus ſolides fondemens de toutes les ſociétés humaines, comme ils y ont imprimé le principe d'amour & d'amitié de toutes nos actions morales ou ſociales, qui n'eſt pas le *do ut des,* ni le *facio ut facias* de notre ordre mercenaire & homicide, qui ne peut convenir qu'à des eſclaves, mais infiniment mieux le *do, facio, volo credo, quia bonum, quia rectum, quia juſtum, quia verum quod amo,* qui eſt le principe ſeul capable de nous élever & de nous aſſimiler au tout-puiſſant maître de l'univers, qui n'en a, ni ne peut en avoir d'autre, pour l'exercice continuel de sa puissance & de son intelligence infinies, par lequel seul tout l'univers se régit , se conserve, se reproduit & se perpétue.

Le quatrieme ne sauroit être apprécié , ni exprimé, puisqu'il n'est point, pour l'homme sensible & délicat, un genre de bonheur sur la terre, comparable à celui que lui fait éprouver une jeune vierge, encore timide , dont son cœur s'est épris. Quels délicieux sentimens de respect, d'adoration, de crainte de lui déplaire, sa présence n'inspire-t-elle pas à son jeune amant ! Son image le suit par-tout, nourrit son cœur de sensations les plus ravissantes, comme sa possession enivre toutes les facultés de son ame & de son corps, d'une volupté pure & inexprimable, & qu'à ce titre, il paroît évident que le tout-puissant maître de l'univers a placé dans la femme les moyens d'opérer le bonheur de notre destinée présente , comme le présage & l'avant-coureur, par son peu de durée, d'une destinée, après celle-ci, infiniment plus heureuse & plus durable, dont les moyens ne peuvent exister que dans la toute-puissance, ni s'effectuer que par les bontés infinies de l'éternel, ainsi qu'il en sera question dans la troisieme partie de ce catéchisme (1).

(1) Tels font les titres que la nature & fon auteur ont établis en faveur de la femme, foit après, foit avant d'être mere, & qui prouvent évidemment, par tous les fentimens de tendreffe qu'elle conçoit pour nous, & par le charme de ceux qu'elle nous infpire, que ce n'eft que dans la femme que la nature & fon auteur ont établi la main d'œuvre du bonheur du genre humain.

DEMANDE.

En attendant que ces temples fuffent bâtis, où placeriez-vous la nouvelle éducation fociale des femmes?

RÉPONSE.

Dans les églifes, dans les monafteres des religieufes, qui feroient traitées comme les religieux & les autres prêtres; au furplus, dans quelque maifon ou dans quelque lieu que fe trouvât une mere avec fa fille, la maifon ou le lieu feroit un temple & un afyle facré pour les nouveaux éleves.

DEMANDE.

Quelle feroit l'éducation des filles?

RÉPONSE.

On établiroit dans les temples des écoles pu-

bliques pour elles, comme dans tous les ateliers
des hommes, des écoles publiques pour les garçons : elles feroient élevées dans la connoiffance,
la pratique, l'amour & l'habitude des mêmes
principes de bonheur, par celles des claffes fupé-
rieures, ainfi que des talens les plus convenables à
leur fexe, & les plus utiles, felon les goûts & les
difpofitions de chacune, fous les yeux des meres
les plus tendres, les plus fages, les plus éclairées
& les plus expérimentées.

DEMANDE.

Quelle feroit la conduite des hommes envers
les femmes, & des femmes envers les hommes ?

RÉPONSE.

Tous les peres & tous les enfans ne feroient
animés que du defir de plaire à toutes les meres,
par tous les moyens poffibles : les meres ne feroient animées que du defir de fe rendre agréables
à tous les peres, par tous les moyens les plus capables d'opérer leur contentement & le bonheur
de tous les enfans ; l'amitié, la décence, l'hon-
nêteté, la candeur, la confiance, la pudeur
régleroient la conduite des femmes envers les
hommes : les égards, les refpects infinis dirige-

roient la conduite des hommes envers lés femmes (1).

(1) On établiroit dans les temples & dans tous les
ateliers, des magasins & des serres pour tous les différens genres des productions de la terre, des arts & de
l'industrie, afin de pourvoir à tous les différens genres
de besoins, de commodité, de sûreté & d'agrément.
Chaque classe & chaque genre de fonction auroit son
uniforme : on institueroit des fêtes & des jeux qui seroient consacrés au maître de l'univers, où les femmes
& les hommes qui auroient le plus de talens ne les feroient briller que pour l'amusement de leurs semblables,
& pour en faire hommage intérieurement à l'éternel, à
qui tout appartient. Les meres seroient les confidentes
des filles, les peres les confidens des garçons, dans le
sein desquels les filles & les garçons déposeroient les se-
crets du trouble de leur ame : les plus sages & les plus
expérimentés des meres & des peres seroient consultés
touchant les moyens de rapprocher les deux sexes, &
d'opérer leur plus grand bonheur, en écartant tout ce
qui pourroit nuire à la liberté, à la pudeur, à la paix de
l'âme & à la santé du corps : on n'établiroit, pour principe
& pour regle de l'union secrette des deux sexes, que le
desir d'accomplir le vœu de la nature & de son auteur,
pour la conservation de l'espece humaine : les bontés &
les faveurs des femmes qui seroient nos juges, comme
nous leurs gardiens, seroient le principe & la fin, après
Dieu, de nos actions, ce qui établiroit un empire infiniment plus doux, plus noble & plus puissant sur nos
ames, que les especes d'or & d'argent qui les ont dé-
gradées & corrompues.

DEMANDE.

Que deviendroit le numéraire ?

RÉPONSE.

Lorsque l'ordre moral seroit établi de façon à pouvoir s'en passer, il seroit employé, comme les autres métaux, à faire des ornemens, des meubles & des bijoux pour les temples, les meres ou les filles, si mieux on n'aimoit le proscrire tout-à-fait ; en attendant il seroit rassemblé dans un lieu d'où l'on n'en feroit sortir que pour les besoins les plus urgens & les plus indispensables.

DEMANDE.

Que deviendroient la paternité & la maternité ?

RÉPONSE.

Elles ne seroient qu'un titre pour commander à tous les enfans, & les élever pour leur bonheur ; comme la qualité d'enfant ne seroit qu'un titre pour aimer, respecter tous les peres & toutes les meres, & pour leur obéir. O mon pere ! ô ma mere ! ô mon frere ! ô ma sœur ! ô mon fils ! ô ma fille ! ô mes amis ! exprimeroit tous les degrés de parenté, ainsi que le principe d'amour , de tendreſſe , d'amitié & d'union, de toutes nos actions, de toutes nos relations, de tout notre commerce intérieur & extérieur : on établiroit par-tout des hofpices pour les étrangers, qui feroient élevés comme nous , & pour les voyageurs, qui feroient traités comme nous voudrions l'être à leur place.

DEMANDE.

Que deviendroient les religions ?

RÉPONSE.

Notre théologie & notre religion fe borneroient à ne reconnoître que l'univers pour temple de fon fouverain maître , & nos cœurs pour fes autels : nous n'adorerions , nous n'aimerions que lui dans ce temple, où tout eft miracle, où tout publie fon intelligence & fa puiſſance infinies : nous nous humilierions, nous nous confondrions fans ceſſe devant cet être néceſſaire & incompréhenfible , par la conviction de notre dépendance & de notre néant : toute notre foi & toutes nos obligations fe renfermeroient à croire que , s'il nous a donné l'exiſtence avec la fupériorité fur tout ce qui exiſte fur la terre, ce n'eſt que pour les employer au bonheur de nos femblables , comme il n'emploie lui - même fa

puissance & son intelligence infinies qu'au bonheur de l'univers: nous laisserions à sa providence
& à ses bontés sans bornes le soin de notre destinée, après que la mort aura fermé nos yeux à la
lumiere du soleil : il nous seroit seulement permis de croire, sans espoir d'aucun mérite, ni de
récompense dont nous sommes infiniment incapables & indignes auprès de cet être infini, qu'il
ne dépendra que de sa puissance & de ses bontés
ineffables, de nous donner alors d'autres yeux
& des facultés infiniment plus capables de soutenir un plus ravissant éclat de sa présence, & de
nous rendre infiniment plus heureux qu'on ne
peut l'être dans cette vie passagere.

DEMANDE.

Que deviendroient les prêtres ?

RÉPONSE.

Leur condition deviendroit égale à celle de
leurs semblables, dont ils partageroient le bonheur, sans cependant gêner leurs opinions, ni
leurs préjugés, ni leur régime de vie, qui n'auroient plus d'influence sur l'éducation sociale ni
sur l'ordre moral.

DEMANDE.

Que feriez - vous des athées & des matérialiftes ?

RÉPONSE.

On les laifferoit libres dans leurs opinions,
qui ne font qu'une fuite des égaremens originels
qui ont fondé l'ordre mercenaire, homicide &
anti-focial, d'après lequel il ne peut y avoir de
regle que pour s'aveugler & s'égarer fur toute
chofe.

DEMANDE.

Que deviendroient les bibliotheques ?

RÉPONSE.

Une fois que, par l'éducation fociale, nos enfans auroient été convaincus de cette vérité, que
*tous les genres de talens & de productions qui s'écar-
tent de la nature, font autant de diverfions préjudiciables au bonheur de l'homme*, les bibliotheques
ne féroient pour la poftérité, que des monumens
de rifée ou de compaffion fur les extravagances
& les malheurs des fiecles paffés, & de fujets de
bénédiction pour le regne & la génération qui auroient opéré & affuré le bonheur de tousles fiecles
à venir, par l'établiffement du véritable ordre
moral & de l'éducation fociale.

DEMANDE.

A quoi serviroient les grandes villes ?

RÉPONSE.

Elles seroient arrangées de façon que la masse de leurs habitans pourroit individuellement se communiquer, aller & venir aussi commodé-ment & avec autant de sûreté que dans l'appar-tement d'un particulier d'aujourd'hui (1).

(1) Il seroit dressé, pour cet effet, les plans les plus ca-pables de remplir cet objet : il n'y auroit dans les villes, que des temples où seroient les écoles publiques des fil-les, & que des ateliers où seroient les écoles publiques des garçons : les villes ne seroient que des entrepôts de tous les genres de productions de la terre, de l'industrie, des sciences & des arts utiles & nécessaires, dans lesquels la classe des cultivateurs & des personnes destinées au transport des approvisionnemens se feroit délivrer tous les différens objets nécessaires à la culture des terres, à leur entretien, à leur commodité & à leurs agrémens

DEMANDE.

Quels moyens prendriez-vous pour la sûreté publique ?

RÉPONSE.

S'il naissoit quelque monstre perturbateur, & de la sûreté & de l'ordre publics, il seroit dé-

pouillé de fon uniforme & même de la liberté ;
fi c'étoit des monftres du dehors, après avoir
épuifé toutes les reffources de la raifon & de la
douceur, pour les humanifer, on feroit ufage de
tous les moyens que l'éducation auroit appris
pour les étouffer, fi on ne pouvoit s'en garantir
autrement ; mais une fois l'ordre moral & l'éducation fociale établis & propagés, ces fortes de
productions feroient moralement impoffibles ou
impuiffantes (1).

(1) *Hæc funt non facra, verùm, naturalia verba,*
        Non depravatis, fed focianda bonis.

TROISIEME PARTIE.

De Dieu.

CHAPITRE PREMIER.

Des rapports de l'Homme, ainsi que de toutes les sociétés humaines, avec Dieu, comme étant la cause premiere & la fin de tout ce qui existe.

DEMANDE.

Qu'ENTENDEZ-vous par le mot *Dieu* ?

RÉPONSE.

C'est le terme de notre langue, pour exprimer le principe unique ou la cause premiere de tout ce qui existe.

DEMANDE.

L'idée d'une cause premiere est-elle naturelle à l'homme ?

RÉPONSE.

Non ; mais les moyens de l'acquérir ne font que dans la nature.

DEMANDE.

Quels font ces moyens ?

RÉPONSE.

L'intelligence naturelle de l'homme qui, par les impreffions des objets environnans, peut s'élever à la conviction de l'exiftence & de la néceffité d'une caufe premiere.

DEMANDE.

Comment cela ?

RÉPONSE.

C'eft que, pour peu que l'homme réfléchiffe, il fera forcé de convenir qu'il ne s'eft pas fait lui-même, non plus qu'aucun des objets qui frappent fa vue, comme le foleil, la lune, les étoiles, le globe terreftre, &c.

DEMANDE.

L'idée d'une caufe premiere, ou de dieu, eft-elle néceffaire pour l'établiffement de l'ordre moral & de l'éducation fociale ?

RÉPONSE.

RÉPONSE

Elle doit en être la base ou le fondement inébranlable.

DEMANDE.

Pourquoi cela ?

RÉPONSE.

C'eſt que dieu eſt eſſentiellement le principe, l'auteur ou la cauſe unique de tout, ainſi que la fin. Les actions de l'homme, dans l'ordre moral, comme dans l'ordre phyſique, ne ſauroient tenir à un autre principe, à un autre auteur, à une autre cauſe, ni avoir une autre fin, que ceux de ſon exiſtence qu'il ne tient que de dieu, comme ſa cauſe première, & de la nature, comme ſa cauſe ſeconde, dont dieu eſt auſſi le principe unique, l'auteur & la fin; d'où il ſuit eſſentiellement que toute action de l'homme, dans l'ordre moral, comme dans l'ordre phyſique, qui n'aura pas dieu pour principe, pour auteur & pour fin, comme étant ſa cauſe première, & la nature pour principe, pour auteur & pour fin, comme étant ſa cauſe ſeconde, ne peuvent que rompre les liens naturels qui l'attachent à dieu, comme ſa cauſe première, & à la nature, comme ſa cauſe ſeconde.

K

Or, comme il eſt impoſſible que l'ordre mercenaire, homicide & anti-ſocial, qui a été originairement établi par l'égoïme aveugle & féroce des plus forts, & conſacré par les fourberies & les impoſtures de l'égoïſme également féroce & aveugle des plus ruſés, ait dieu pour
principe, pour auteur & pour fin, comme étant
leur premiere cauſe, ni la nature, comme étant
leur cauſe ſeconde,

Il s'enſuit eſſentiellement que toutes les idées
& les opinions ſur dieu, qui ont été forgées d'a-
près cet ordre monſtrueux, ne peuvent être que
des monſtruoſités, & que toutes les inſtitutions
& les regles pour ſe conduire, ne peuvent être
auſſi que des monſtruoſités qui n'ont produit ni
ne peuvent produire d'autre effet que de perpétuer l'aveuglement, la férocité, les fourberies
& les impoſtures de l'égoïſme, & par conſéquent
les folies, les égaremens, les extravagances, les
miſeres, les diviſions, les guerres & la deſtruction des hommes les uns par les autres.

Ce n'eſt donc qu'en rétabliſſant la chaîne précieuſe des idées ſeules capables de nous élever à
la conviction de notre dépendance entiere de
dieu, comme notre cauſe premiere, & de la
nature, comme notre cauſe ſeconde, que les
ſociétés humaines peuvent ſe faire des regles

fûres pour s'éclairer, fe conduire & affeoir leur intelligence naturelle & leur bonheur fur des bafes folides & immuables.

DEMANDE.

Pourquoi dieu, étant le principe de tout ce qui exifte, doit-il en être auffi la fin ?

RÉPONSE.

C'eft que dans l'ordre moral, nous devons rapporter tout ce que nous fommes, ainfi que tout ce que nous faifons, à dieu, comme notre caufe premiere, & à la nature, comme notre feconde, parce que dans l'ordre phyfique, tout ce qui périt, fe confond & rentre dans la nature, comme tout ce qui n'eft point periffable ne peut fe confondre & rentrer que dans dieu.

DEMANDE.

Toutes les nations ont-elles été d'accord fur l'idée de l'exiftence d'une caufe premiere, ou de dieu ?

RÉPONSE.

Comme cette idée ne peut être que le réfultat des réflexions & des méditations fur les caufes fecondes, & que le petit nombre de ceux qui ont conçu cette idée, dans les différens climats,

n'étoient pas également bien organisés pour réflé-
chir & méditer, cette idée n'a pu prendre qu'une
tournure analogue à la maniere de sentir, de voir
& de juger d'après les mœurs & les regles exif-
tantes alors, chez les différens peuples (1).

(1) De façon que l'univerſalité des opinions, quelque
bizarres, quelque variées, quelque monſtrueuſes qu'elles ſoient, forme ſans contredit la preuve la plus con-
vaincante de l'accord des nations, ſur la néceſſité de
l'exiſtence d'une cauſe premiere ; comme toutes les fa-
bles, toutes les abſurdités, toutes les chimeres, toutes
les monſtruoſités auxquelles cette idée a donné lieu, ſont,
ſans contredit, la preuve la plus frappante des fourberies
& des impoſtures, pour abuſer de la crédulité du plus
grand nombre. De ſorte que dans tous les temps, l'é-
goïſme inſatiable & aveugle des chefs du fanatiſme s'eſt
bien moins occupé de donner aux hommes, une juſte idée
ſur la divinité, ainſi que ſur la nature, ſon ouvrage, que
des moyens de ſe ſervir de l'une & de l'autre, pour leur
en impoſer, les aveugler, les enſorceler, les diviſer,
les armer & les faire détruire les uns par les autres, afin
de s'en partager les dépouilles, & de s'emparer, exclu-
ſivement, de tous les genres de jouiſſance.

Les fleches d'Apollon, dans le camp des Grecs, va-
lent bien les plaies de l'Egypte. Le ſacrifice d'Iphigénie
vaut bien celui de Jephté. Nos guerres, pour la conquête
de la terre ſainte, ainſi que les mandats & les lettres de
change que les prêtres nous donnoient alors, payables
dans l'autre monde, pour les biens qu'ils ſe faiſoient
donner dans celui-ci, ſont une preuve que les chefs de

notre fanatifme en favoient autant que les Calchas, les Moïfe & les Mahomet, pour mettre à profit notre ftupide crédulité: ils n'en font pas moins morts ; ils n'en ont pas été plus heureux ; ils n'en mourront pas moins ; ils n'en font ni plus contens, ni mieux portans que ceux qu'ils aveuglent & qu'ils oppriment ; l'expérience de tous les fiecles prouve que l'égoïfme eft plus fatal à celui qui le profeffe, qu'à celui qui en fouffre.

DEMANDE.

Quelle eft l'idée la plus générale & la plus à portée de l'intelligence naturelle de l'homme?

RÉPONSE.

Moïfe eft le premier homme connu, qui ait mis au jour l'idée de l'unité d'un dieu, idée qu'il avoit puifée, ainfi que fa magie, dans la doctrine des prêtres qui l'avoient élevé; mais Moïfe ne s'eft fervi de cette idée que pour en faire un monftre de métaphyfique, de phyfique, de morale & de politique, par fon fyftême abfurde fur la création, par l'établiffement d'un culte intolérant & de loix intolérables, qui ont rendu fon peuple ennemi de tous les autres peuples qui l'ont mené plus d'une fois, tout entier, en efclavage, qui l'ont enfin détruit, ainfi que fon temple, par les mains du meilleur & du plus fage des guerriers, dont il femble que la

K 3

providence ne fit choix que pour fixer davantage
l'attention des chefs des nations, fur un fi beau
modele, & les inviter à fuivre l'exemple de Ti-
tus contre tous les genres d'impoftures & de
fuperftition.

DEMANDE.

Pourquoi l'idée de l'unité d'un dieu eft-elle
plus générale & plus à la portée de l'intelligence
naturelle de l'homme ?

RÉPONSE.

Parce qu'il répugne & qu'il implique contradiction qu'il y ait plufieurs tout-puiffant, plufieurs infini, plufieurs immenfité, plufieurs
caufe ou principe unique de l'univers, qui font
les attributs inféparables de l'idée de l'exiftence
d'un dieu.

DEMANDE.

Pourquoi donc les peuples, avant & depuis
Moïfe, ont-ils adoré plufieurs divinités ?

RÉPONSE.

C'eft qu'autant il eft facile de convaincre les
hommes les plus groffiers, de la néceffité de l'exiftence d'une caufe premiere, autant il eftdifficile,
ou plutôt impoffible d'en connoître l'effence ou la

fubſtance que les plus fins & les plus ruſés, chez les différens peuples, ont fabriquée, multipliée, fait agir & fait parler, chacun ſelon ſa maniere de voir & ſon intérêt : de là ſont venus, accrus, étendus, perfectionnés & accrédités tous les différens cultes, toutes les différentes religions, toutes les diverſes opinions, tous les différens ſyſtêmes, toutes les chimeres & monſtruoſités qui ont aveuglé & aveuglent encore tout le globe terreſtre.

DEMANDE.

Ces cultes, ces religions, ces opinions, ces ſyſtêmes, ces chimeres & ces monſtruoſités font-elles d'obligation chez les peuples ?

RÉPONSE.

Elles ont été, elles ſont encore d'obligation civile ou politique, puiſqu'on en a fait une loi; mais elles ne peuvent pas être d'obligation divine, ni naturelle, puiſque dieu, ni la nature, ne l'ont imprimée nulle part, ſur le globe terreſtre.

DEMANDE.

Les religions ou les cultes ne ſont donc pas d'obligation en général ?

K 4

RÉPONSE.

Un contrat par lequel on peut s'obliger envers dieu, & obliger dieu envers soi, mériter ou démériter envers dieu, implique contradiction, & ne sauroit être passé entre le néant, comme nous, & l'infini, comme lui. L'immense inégalité des conditions rend ce contrat impossible. Il est donc évident que tous ceux qui se sont annoncé comme en ayant retenu la minute, ne peuvent être que des imposteurs (1).

(1) Dieu étant essentiellement un & le même par-tout, si la religion étoit d'obligation naturelle ou divine, pour les hommes en général, elle auroit été dans tous les temps, & elle seroit encore aujourd'hui, essentiellement une & la même par-tout.

Ces démonstrations sont sans réplique, si on en excepte les absurdités des visionnaires, des convulsionnaires, ou des ensorcelés, ainsi que de ceux qui en font métier pour vivre, & accaparer les gros bénéfices.

DEMANDE.

Il n'y auroit donc pas de religion, dans le véritable ordre moral ?

RÉPONSE.

Il n'y auroit pas de loi, ni d'obligation d'adorer, d'admirer & d'aimer la divinité ; son essence

l'éleve infiniment au-deſſus de cette loi & de
cette obligation, comme notre eſſence ou notre
néant nous rend infiniment incapables & indignes
de nous en acquitter (1).

(1) On a déjà fait remarquer, dans la ſeconde partie,
que la théologie du véritable ordre moral, ne conſiſteroit
que dans les connoiſſances qui nous éleveroient à la
conviction de l'exiſtence d'une cauſe premiere, par la
contemplation des merveilles que le brillant ſpectacle de
la nature fait éclater à nos yeux de toute part, connoiſſances que l'éducation ſociale feroit acquérir, ſelon que
les diſpoſitions naturelles de chaque individu, l'en ren-
droient ſuſceptible; comme la religion ne conſiſteroit
que dans les ſentimens de conviction de notre dépendance entiere du ſouverain maître de l'univers, de la ſatisfaction intérieure de lui rapporter tout ce que nous
ſommes & tout ce que nous ferions, ſentimens que l'é-
ducation ſociale ne pourroit que cultiver & augmenter,
ſelon les diſpoſitions naturelles de chacun des éleves;
comme il arriveroit auſſi qu'on ne feroit diverſion à des
contemplations ſi ſublimes, & aux ſentimens délicieux
qui en ſeroient les réſultats, que pour partager avec ſes
ſemblables, le doux plaiſir de travailler à leur bonheur,
ſans obligation, ni loi, ni récompenſe, ni crainte, qui
ne pourroient que dégrader nos actions morales ou ſociales, & par conſéquent la divinité, qui en eſt & doit
en être eſſentiellement, ainſi qu'on l'a démontré, le principe, l'auteur & la fin.

DEMANDE.

Dieu ne peut donc pas être offensé par les hommes ?

RÉPONSE.

Il répugne que les hommes aient le pouvoir d'offenser la divinité : ils ne peuvent que s'offenser eux-mêmes, dans la personne de leurs égaux, comme ils ont fait jusqu'à présent. Toute idée d'offense, de colere, de vengeance, de passion, qu'on ne peut concevoir que dans le vice de la constitution naturelle de l'homme, qui est l'égoïsme aveugle & féroce, est inconciliable avec l'idée de l'existence d'un être infiniment bon, infiniment juste, infiniment puissant & infiniment parfait.

DEMANDE.

Quelles sont les causes secondes de l'existence & des actions de l'homme ?

RÉPONSE.

C'est le germe que la nature dépose dans les entrailles de la femme ; c'est le globe terrestre qui le soutient, qui est soutenu par d'autres causes dans l'immensité ; c'est l'air qu'il respire, ce sont les alimens qu'il digere, ce sont aussi tous les moyens que la nature & fon auteur ont établis en lui & autour de lui, pour l'éclairer & lui faciliter fes befoins naturels.

DEMANDE.

De cette façon, l'homme tient à fa mere qui tient à la terre qui tient à d'autres caufes qui tiennent à d'autres, & ainfi de fuite, jufqu'à la caufe premiere & univerfelle?

RÉPONSE.

Oui, fans doute, & dans un ordre par lequel toutes ces caufes fecondes, ainfi que leurs effets, fe régiffent, fe confervent, fe reproduifent & fe perpétuent les unes par les autres, duquel ordre l'égoïfme aveugle & féroce de l'homme s'eft écarté, pour en établir un autre qui n'a opéré jufqu'ici, que fon malheur.

DEMANDE.

Toutes ces caufes fecondes, ainfi que l'ordre par lequel elles fe régiffent, fe foutiénnent, fe confervent, fe reproduifent & fe perpétuent les unes par les autres, une fois établies, dieu n'a donc plus rien à faire?

RÉPONSE.

Ce feroit une inconféquence de principe &

une erreur groffiere , puifqu'il eft impoffible que ces caufes fecondes, leur ordre , ainfi que leurs effets , tirent le principe de leur exiftence d'eux-mêmes , après l'avoir reçue; qu'ainfi , il eft impoffible que rien de ce qui a commencé d'exifter, continue d'exifter , fans l'influence continuelle , fans la même action , fans la même opération de la caufe premiere par laquelle tout a commencé d'exifter; de façon que tout ce qui exifte ne peut être qu'une reproduction continuelle de la part de la caufe néceffaire , unique & toute-puiffante, qui eft dieu (1).

(1) Ce ne peut être que par ce moyen ineffable , que la puiffance, l'intelligence, la bonté , la juftice & toutes les perfections infinies de dieu , font fans ceffe en activité , & qu'il peut jouir de lui-même ou de fon exiftence.

C'eft ainfi que les hommes , fans l'imitation de dieu & de la nature , dans leur maniere d'opérer , ne jouiront jamais d'eux-mêmes , ni des bienfaits qui leur ont été prodigués , s'ils ne tiennent fans ceffe en activité , les facultés de leur ame & de leur corps , pour apprendre , pour perfectionner & pratiquer les moyens de s'éclairer, de fe conduire & de fe rendre heureux les uns par les autres , fuivant l'ordre que dieu lui-même a établi fous leurs yeux , par lequel tous les êtres , dans l'univers, fe régiffent, fe foutiennent, fe confervent , fe reproduifent & fe perpétuent les uns par les autres.

Il faut néceffairement comprendre dans ces moyens ,

les principes de fenfibilité, d'amour, de tendreffe &
d'amitié, dont dieu n'a rendu notre conftitution naturelle
fufceptible, que pour répandre le plaifir fur l'ufage des
facultés de notre ame & de notre corps, ainfi que fur
toutes nos actions & nos relations morales ou fociales,
qui ne fauroient avoir d'autre principe, ni d'autre fin que
dieu, à qui tout appartient, ni d'autre emploi, ni d'autre but, ni d'autre effet que d'opérer le bonheur général
des fociétés, duquel le bonheur individuel feroit le réfultat néceffaire & infaillible.

DEMANDE.

Comment appellez-vous toutes ces caufes fecondes, leurs effets, ainfi que l'ordre par lequel
tout ce qui exifte, fe régit, fe foutient, fe conferve, fe reproduit & fe perpétue ?

RÉPONSE.

La nature.

CHAPITRE II.

De la nature & des rapports essentiels de l'Homme avec les causes secondes , pour s'éclairer & se conduire.

DEMANDE.

Qu'entendez-vous par la nature ?

RÉPONSE.

D'après l'idée que l'on conçoit de la nécessité d'une cause premiere ou d'un principe unique infiniment puissant , infiniment intelligent , infiniment agissant , infiniment bon , immense , éternel , invisible & incompréhensible , la nature ne peut être que l'effet ou le résultat de la maniere dont cette cause premiere ou ce principe unique , que nous appellons dieu , opere en lui-même pour communiquer son existence , son intelligence , sa puissance , sa bonté , son amabilité , sa providence , son immensité , son éternité à les rendre sensibles.

DEMANDE.

Comment dieu communique-t-il fon exiftence, fon intelligence, fa puiffance, fa bonté, fon amabilité, fa providence, fon éternité & fon immenfité pour les rendre fenfibles?

RÉPONSE.

Par le moyen de ce que nous appellons efprit, par le moyen de ce que nous appellons matiere, par le moyen de ce que nous appellons nos fens, par le moyen de ce que nous appellons force ou pouvoir, action & réaction des corps, par le moyen de ce que nous appellons le temps, par le moyen de ce que nous appellons efpaces, & par le moyen des loix qu'il a imprimées & prefcrites à chacun de tous les êtres, de l'exécution defquelles réfulte & fe maintient l'ordre par lequel tout fe régit, fe foutient, fe conferve, fe reproduit & fe perpétue dans l'univers.

DEMANDE.

Qu'entendez-vous par efprit?

RÉPONSE.

J'entends exprimer ce qui nous donne le fentiment de l'exiftence, de la liberté, de la volonté, de la penfée, du jugement, du raifonnement,

de la réflexion , du doute , de la combinaison ,
du difcernement , de la crainte , de l'efpérance ,
du defir , de la langueur , de la douleur , &c.

DEMANDE.

Qu'entendez-vous par matiere ?

RÉPONSE.

J'entends tout ce qui eft vifible , fenfible , palpable , fufceptible de mouvement & de repos ,
étendu , divifible , ainfi que tout ce qui entre
dans la compofition & l'organifation des corps
fluides ou folides , &c.

DEMANDE.

Qu'entendez-vous par les fens ?

RÉPONSE.

On entend les différens organes de notre corps,
par la voie defquels nous voyons , entendons ,
touchons , goûtons & fentons , qu'on appelle la
vue , l'ouie , le toucher , le goût & l'odorat.

DEMANDE.

Qu'entendez-vous par la force ou le pouvoir,
l'action & la réaction des corps ?

RÉPONSE.

RÉPONSE.

J'entends exprimer tous les moyens par lefquels les corps agiffent les uns fur les autres pour
fe régir, fe foutenir, fe conferver, fe reproduire
& fe perpétuer les uns par les autres, fuivant les
loix ou les impulfions qui leur en ont été données par leur auteur.

DEMANDE.

Qu'entendez-vous par l'efpace & le temps?

RÉPONSE.

J'entends exprimer par l'efpace, le lieu que
tout ce qui exifte dans la nature occupe dans
l'immenfité de dieu; & par le temps, j'entends
exprimer la durée de tous les êtres, dans fon
éternité.

DEMANDE.

Pourquoi dieu a-t-il formé la nature?

RÉPONSE.

Ce ne peut être que pour fe contempler &
jouir de lui-même, dans la magnificence de fes
œuvres, & pour en être contemplé.

L

DEMANDE.

L'homme est-il le seul être dans la nature, capable de jouir de cette contemplation?

RÉPONSE.

Cela n'est pas présumable ; le globe terrestre n'est pas le seul : le soleil en éclaire sept autres : les étoiles fixes qui sont autant de soleils, peuvent en éclairer une infinité d'autres : qui peut mettre des bornes à la puissance infinie de dieu? L'homme est peut-être celui de tous les êtres intelligens, qui jouisse le moins de cette contemplation.

DEMANDE.

Peut-on savoir à quelle époque dieu a formé la nature?

RÉPONSE.

Cette connoissance est au-dessus de l'intelligence naturelle des hommes.

DEMANDE.

Pourquoi dites-vous que dieu opere en lui-même, plutôt que dans le néant, ou sur le néant, pour en avoir fait éclore l'univers ou la nature, comme plusieurs le prétendent?

RÉPONSE.

L'opinion de ceux qui prétendent que dieu ne peut opérer qu'en lui-même, & non dans le néant ou fur le néant, eft fondée fur ce que le néant proprement dit, implique contradiction avec l'immenfité de dieu, fon exiftence ou fa fubftance infinie ; au lieu que l'opinion fur le néant, ne paroît fondée que fur le fyftême de Moïfe, qui ne préfente aujourd'hui, même à fes fectateurs un peu inftruits, qu'un monftre de métaphyfique, de phyfique & de morale : il n'en eft pas moins vrai de dire que les deux opinions produifent les mêmes réfultats, puifque ceux de l'opinion fur le néant s'accordent à dire que tout eft en dieu, que le commencement, le milieu & la fin de nos actions appartiennent à dieu ; qu'ainfi, quand ils difent que tout eft en dieu, ils ne peuvent entendre parler que de la maniere dont dieu opere en lui-même ; comme ceux qui rejettent le néant proprement dit, & qui difent que tout eft dieu, n'entendent parler que des effets réfultans de cette maniere d'opérer de dieu en lui-même.

L 2

DEMANDE.

Tout est donc dieu, suivant l'opinion des premiers ?

RÉPONSE.

Cela ne peut pas être autrement, quant à la substance ou le moyen d'exister, même suivant l'opinion des sectateurs de Moïse, à moins qu'ils ne soient inconséquens dans leurs principes qui sont les mêmes que ceux de la premiere opinion.

DEMANDE.

Quoi ! les globes célestes, les corps organisés, les végétaux, les minéraux, &c., ne sont pas des substances différentes de celles de la divinité ?

RÉPONSE.

Ils ne peuvent en être que des modifications, d'après les principes dont les deux opinions sont d'accord, que la puissance de dieu est infinie & immense.

DEMANDE.

Mais si, d'après toutes les notions reçues, on a attaché au mot *substance* l'idée d'une chose qui peut exister & qui existe en effet, sans avoir besoin d'un sujet d'inhésion, il doit paroître évident que la matiere & tous les corps qui en font composés ou organisés, comme font les globes célestes, &c., font des substances, puisqu'ils existent par eux-mêmes fans avoir befoin d'un fujet d'inhéfion ?

RÉPONSE.

Les notions, ainfi que toutes les opinions reçues fur l'importante matiere dont il s'agit ici, font là chofe fur laquelle les hommes doivent fe tenir le plus en garde, depuis fur-tout qu'ayant abandonné la nature, & par conféquent fon auteur, pour ne fuivre que leur égoïfme infenfé, ils ne peuvent plus avoir de nombre connu, ni de bafe, ni de regle pour s'éclairer, ni pour fe conduire, & qu'ils n'ont que des préjugés pour diriger les facultés de leur ame & de leur corps (1).

(1) Comment concilier l'idée d'une autre fubftance que celle de la divinité, avec l'idée univerfellement reçue, que la fubftance de la divinité eft effentiellemens immenfe, infiniment puiffante, infiniment intelligente, infiniment agiffante, laquelle, par conféquent, doit être effentiellement tout, occuper tout & faire tout. Il s'enfuit donc effentiellement que dieu feul peut & doit être conçu exiftant par lui-même, fans avoir befoin d'un fujet d'inhéfion; au lieu que tous les êtres que dieu a produits & qu'il reproduit fans ceffe ne fauroient être conçu

exiſtans par eux-mêmes, ni ſans avoir beſoin d'un ſujet d'inhéſion qui ne peut être que dieu ſeul.

La maniere d'opérer de la cauſe premiere, qui eſt dieu, n'eſt pas différente de la maniere d'opérer de la cauſe ſeconde, qui eſt la nature : or, comme tout ce que nous concevons dans la nature, en eſprit & en matiere, ne peut opérer, ni produire, comme elle n'opere & ne produit en effet, que des modifications de l'eſprit & de la matiere, dieu ne peut opérer, ni produire, comme il n'opere & ne produit en effet, que des modifications de ſa ſubſtance, en eſprit & en matiere, qui ſont tout ce que nous concevons dans la nature : l'eſprit & la matiere ne peuvent donc être conçus que comme étant des modifications de la ſubſtance infinie & immenſe de la cauſe premiere, qui eſt dieu, comme les opérations de l'eſprit & de la matiere ne peuvent être conçues que comme des modifications de l'eſprit & de la matiere, qui ſont les cauſes ſecondes ou la nature.

Cette opinion eſt conſéquente, ſoutenue, motivée & fondée ; elle tient à la chaîne des idées ſeules capables de nous élever à la conviction de l'exiſtence d'un être infini, d'un principe unique de tout, & de notre dépendance entiere de ce tout-puiſſant maître de l'univers, comme notre cauſe premiere, & de la nature, comme notre cauſe ſeconde ; au lieu que l'autre opinion, quoique d'accord ſur le même principe, que la ſubſtance de dieu eſt infinie & immenſe, eſt inconſéquente, inconciliable avec le même principe: elle rompt par conſéquent la chaîne précieuſe des idées qui nous élevent à la conviction de l'exiſtence d'un dieu & de notre dépendance entiere de ce principe unique, pour n'exiſter que par nous-mêmes & ne dépendre que de nous-mêmes ; ce qui répugne & est la cause funeste des erreurs, des éga-remens, des chimeres que notre égoïsme aveugle & féroce, duquel nous nous sommes rendus dépendans & les esclaves, nous a fait inventer & établir pour nous dégrader & nous détruire les uns par les autres.

DEMANDE.

Mais cette opinion, que tout est dieu, ne favorise-t-elle pas l'athéïsme & le systême que tout est matiere ?

RÉPONSE.

Au contraire ; mais beaucoup l'opinion qui admet une autre substance que celle de la divi-nité.

DEMANDE.

Comment cela ?

RÉPONSE.

Parce que l'athée ne nie l'existence de dieu, que parce qu'il n'en peut plus concevoir la possi-bilité, ni la nécessité, d'après l'opinion vulgaire, que l'esprit & la matiere sont des substances exis-tantes par elles-mêmes, sans avoir besoin d'un sujet d'inhésion ; opinion en effet inconciliable avec l'idée de l'existence ou de la substance in-

finie & immenfe de dieu , & que le matérialifte
ne nie l'exiftence de l'efprit , que parce qu'il ne
voit que de la matiere , & que d'après l'opinion
qui fait de la matiere une fubftance , & non pas
une modification de la fubftance unique de dieu ,
il en tire la jufte conféquence , qu'elle peut &
doit en avoir la même intelligence & le même
pouvoir (1).

(1) De façon que l'opinion qui eft la plus conforme à
la faine raifon, qui entretient le mieux la chaîne des
idées qui nous élevent à la conviction de l'exiftence d'un
dieu, qui repouffe le plus vigoureufement l'athéifme &
le materialifme, qui rompt la chaîne & nous affranchit
de l'efclavage de notre aveugle égoïfme, fource intarif-
fable de nos erreurs , de nos égaremens & de tous nos
malheurs, pour ne nous faire dépendre que de dieu,
comme notre caufe premiere, & de la nature, comme
notre caufe feconde , feuls capables de nous éclairer, de
nous conduire & de nous rendre heureux , cette opinion,
dis-je, a fait regarder , comme athées, ceux qui l'ont
profeffée, par ceux-là même dont l'opinion inconféquente
& abfurde n'a pu que rompre les liens qui nous attachent
à dieu & à la nature, & qui, fuivant les mêmes erremens
du fanatifme de tous les fiecles, n'ont connu, ni ne
connoiffent de dieu que leur égoïfme, aux erreurs, aux
impoftures, aux preftiges, aux égaremens & aux fureurs
duquel l'aveugle univers a été facrifié, fous le nom
même de la divinité.

DEMANDE.

Sait-on ce que c'eſt que l'eſprit & la matiere?

RÉPONSE.

On remarque que l'homme ne conçoit , ne raiſonne , ne veut & n'agit qne d'après les im-preſſions qu'il reçoit de la part des objets envi-ronnans , par la voie de ſes ſens , dont les orga-nes ne ſont compoſés que de matiere : il appelle eſprit , cette faculté qui le rend ſuſceptible de ces ſortes d'impreſſions , de conceptions , de raiſon-nement & de volonté , &c. Il appelle ſon corps, cet arrangement de matiere qui ſert à la com-poſition de ſes organes , auxquels ſon eſprit commande , & auxquels il eſt forcé d'obéir pour ſes beſoins naturels. L'homme ne conçoit de différence dans les choſes , que par la différence des impreſſions qu'il en reçoit ; mais l'homme n'a pu encore ſavoir ce que c'eſt que ſon eſprit , ni ſon corps , ni comment ils agiſſent l'un ſur l'autre , ni ce que c'eſt que la matiere , ni ce que font les choſes qui operent ſur lui tant d'impreſ-ſions différentes , ni comment ces impreſſions s'operent.

DEMANDE.

Pourquoi cela ?

RÉPONSE.

C'eft que dieu & la nature n'ont point formé l'homme pour les connoître dans cette vie, mais pour jouir feulement de leurs bienfaits, qu'ils ont mis à la portée de fon intelligence & de fon pouvoir naturels, dont il a la liberté de faire ufage pour le malheur ou le bonheur de fa deftinée préfente & future.

CHAPITRE III.

De la deftinée future de l'Homme.

DEMANDE.

SUR quoi fondez-vous la deftinée future de l'homme ?

RÉPONSE.

Sur fa conftitution naturelle.

DEMANDE.

Quels rapports a sa constitution naturelle avec une destinée future pour lui ?

RÉPONSE.

Les voici :

1°. Le sentiment de son existence, son desir de la conserver toujours, & l'horreur de sa destruction.

2°. La perfectibilité de son intelligence, pour s'élever à la conviction de l'existence d'une cause premiere, par la contemplation des causes secondes, son desir naturel de connoître son origine, ainsi que le principe & la cause de tout ce qui existe ; de savoir ce que c'est que le soleil qui l'éclaire, les étoiles, les planetes & toutes les merveilles de la nature, pour jouir d'une plus satisfaisante contemplation, afin d'admirer, d'adorer & aimer davantage leur auteur.

3°. De se sentir animé d'un desir sans borne & susceptible d'une jouissance & d'un bonheur infiniment plus parfaits & plus durables que toutes les jouissances & tous les bonheurs possibles de cette vie passagere.

4°. D'avoir une liberté d'agir, avec une conscience pour l'éclairer sur l'usage qu'il doit faire des facultés de son ame & de son corps, & d'avoir en opposition un égoïsme, un orgueil, une ambition & des passions qui l'entraînent à tous les genres d'égaremens, d'excès & de malheurs.

5°. Enfin, d'être susceptible de douleur, de remords, de repentir, de regret, d'amendement, jusqu'aux derniers instans de sa vie.

SECTION PREMIERE.

DEMANDE.

QUELS rapports peuvent avoir le sentiment de notre exiftence, le defir de la conferver toujours, & l'horreur de notre deftruction, avec l'idée d'une deftinée future & la preuve qu'elle fe réalifera ?

RÉPONSE.

Les voici (1).

(1) 1º. Les lumieres acquifes conftatent que rien de ce qui exifte ne s'anéantit dans la nature, ni ne peut fe perdre, mais feulement changer de modification ou de forme, ce qui fe fait vifiblement remarquer dans tous les corps fujets à périr.

D'où il fuit néceffairement que le fentiment de notre exiftence, ainfi que le defir de la conferver toujours, ne doivent pas plus s'anéantir, ni fe perdre, que la matiere qui entre dans la compofition des organes de notre corps, mais feulement changer comme elle de modification ou de forme.

2º. Les lumieres acquifes nous prouvent auffi que dieu eft infiniment puiffant, infiniment jufte, infiniment bon; d'où il fuit effentiellement que dieu ne peut pas être re-

proché de ne nous avoir donné l'exiſtence , ainſi que le
deſir de la conſerver toujours , que pour nous la ravir ,
nous faire illuſion , & nous rendre les plus malheureux
de tous les êtres , en ne réaliſant de notre exiſtence que
le ſentiment qui nous fait abhorrer notre deſtruction ;
comme nous en uſons envers ceux de nos ſemblables
que le vice de l'ordre mercenaire , homicide & anti-ſocial
qui nous a ſéparé de dieu & de la nature , a rendu cri-
minels , & que , par une ſuite de cet ordre monſtrueux ,
nous nous ſommes fait une loi exécrable de mener au
ſupplice : il vaudroit mieux pour nous , ſi ce reproche
pouvoit être fait à dieu , que nous ne fuſſions jamais nés ,
& qu'il n'y eût pas de dieu.

DEMANDE.

Mais ſi ce n'eſt que par le moyen de nos organes que nous ſommes témoins de notre exiſtence,
comme du deſir de la conſerver toujours , ainſi
que du ſentiment qui nous fait abhorrer notre
deſtruction , une fois nos organes détruits , nous
devons néceſſairement rentrer dans la même poſition que celle où nous étions avant l'exiſtence
de notre corps & de nos organes ?

RÉPONSE.

Cette conſéquence eſt manifeſtement fauſſe ,
d'après les principes que nous avons établis , que
ce qui a commencé d'exiſter ne peut s'anéantir

ni fe perdre, mais feulement changer de modification ou de forme (1).

(1) D'où il fuit néceffairement, même dans le fyftème
que tout eft matiere, que ce qui produit en nous le fentiment de l'exiftence, le defir de la conferver toujours,
& l'horreur de notre deftruction, ne s'anéantira pas plus
que la matiere qui entre dans la compofition de nos organes, mais qu'il ne pourra changer, comme elle, que
de modification, & prendre une autre forme.

Ajoutons que nous fommes feulement témoins que
notre corps & nos organes, dont nous ne pouvons connoître la matiere qui entre dans leur compofition, ne
font que des inftrumens par lefquels les impreffions que
nous recevons, foit de notre corps, foit des corps environnans, parviennent au fiege de nos fens, lefquels
en font leur rapport à nos facultés intellectuelles, qui
reglent nos idées, nos jugemens, nos affections, notre
volonté, notre confcience & notre liberté : or, fi nous
raifonnons de ces facultés, que nous appellons notre efprit ou notre ame, dont nous ne pouvons pas mieux
connoître ce qui entre dans leur compofition, que ce qui
entre dans la compofition de notre corps, fi nous raifonnons, dis-je, de ces facultés, comme nous devons
raifonner des facultés organiques que nous appellons
notre corps, nous ferons forcés de tirer la conféquence
& de convenir, même fuivant le fyftême, que tout eft
matiere, que les facultés que nous appellons notre efprit ou notre ame, comme les facultés organiques que
nous appellons notre corps, ne pourront, en mourant
ou en périffant, changer que de modification, & prendre

d'autres formes, par une conséquence nécessaire du même principe des matérialistes.

DEMANDE.

Mais si, comme vous l'avez démontré plus haut, l'homme ne peut être qu'une modification de la substance unique de dieu, une fois cette modification cessant, l'homme doit nécessairement cesser ?

RÉPONSE.

L'homme doit nécessairement cesser d'avoir la même modification ou la même forme, pour en prendre une autre. Voilà la conséquence juste, d'après les principes même des matérialistes (1).

(1) Mais l'homme n'est pas seulement une modification immédiate de la substance unique de dieu, qui est sa cause première; il est encore une modification de la nature, qui est sa cause seconde, puisque ses facultés organiques ou son corps ne sont que des modifications immédiates de la matiere qui compose le corps entier de la nature, qui ne peut être elle-même qu'une modification de la substance unique de dieu; d'où il suit nécessairement que lorsque les modifications de la matiere qui composent les facultés organiques ou le corps de l'homme, seront détruites, l'homme ne peut cesser d'exister que pour sa destinée présente, pour l'accomplissement de laquelle il a eu besoin d'un corps organisé, comme d'un instrument essentiel à cet accomplissement; mais il ne

peut pas céffer d'exifter pour fa deftinée future, dont la
preuve fe trouve confignée dans le fentiment de fon
exiftence, dans fon defir de la conferver toujours, dans
l'horreur de fa deftruction, qui, comme fon corps, ne
pourront que changer de modification ou de forme, pour
l'accompliffement de fa deftinée future que dieu ne nous
tient cachée dans fa volonté, dans fa puiffance & dans
fes bontés infinies; que pour rendre notre confiance en
lui plus méritoire & plus digne de lui.

En un mot, fuivant ce que nous remarquons du cours
ordinaire de la nature, tout ce que l'homme tient immé-
diatement de la nature, rentrera dans la nature, comme
tout ce qu'il tient de la fubftance unique de dieu, rentrera
dans dieu qui ne fauroit manquer de moyens de lui
donner d'autres yeux & des facultés infiniment plus capables de foutenir un plus raviffant éclat de fa préfence,
& de le rendre infiniment plus heureux qu'il ne fauroit
l'être dans cette vie paffagere.

D E M A N D E.

Mais ne fait-on pas une différence entre l'efprit & la matiere ?

R É P O N S E.

Quand même il n'y en auroit pas, fuivant le
fyftême des matérialiftes, les conféquences que
l'on vient de tirer du principe commun, que
rien de ce qui a commencé d'exifter, ne fauroit
s'anéantir, mais feulement changer de modifica-

tion

tion ou de forme, n'en feroient pas moins évidemment concluantes pour la preuve de la deftinée future de l'homme; mais la différence ef-
sentielle qui fe fait remarquer entre l'efprit & la
matiere ne peut que fournir une preuve de
plus au foutien des mêmes conféquences touchant la deftinée future de l'homme, fur laquelle
toutes les nations éclairées ont été d'accord,
quoique divifées en opinions prefque toutes ab-
furdes, comme celles fur la divinité, les cultes
ou religions.

DEMANDE.

Comment cela ?

RÉPONSE.

C'eft qu'on remarque que la penfée, le difcernement, le fentiment de l'exiftence, de la liberté, de la confcience, de la volonté, du difcernement, des defirs, de la douleur, de la
crainte, de l'efpérance & généralement de toutes les affections qui modifient notre efprit ou
notre ame, ne préfentent rien qui puiffe convenir à rien de ce que nous concevons de la
matiere & de toutes fes modifications, d'où nous
devons naturellement tirer la conféquence que
notre efprit ou notre ame doit être d'une nature

M

différente de celle de la matiere & de notre
corps.

DEMANDE.

Quelle conséquence en tirez - vous pour la
preuve d'une destinée future ?

RÉPONSE.

C'est que si notre esprit ou notre ame est
d'une nature différente de celle de la matiere, il
doit avoir une autre destination que celle de notre corps ; c'est que si notre corps n'est corrup-
tible ou mortel que parce qu'il est composé de
matiere, notre esprit ou notre ame ne doit pas
l'être.

DEMANDE.

Comment se persuader & se convaincre que
l'esprit & la matiere sont d'une nature différente
& ne peuvent pas être susceptibles des mêmes
modifications ?

RÉPONSE.

Le voici (1).

_____

(1) Si ce que nous connoissons de la matiere, comme la
divisibilité, l'étendue, le mouvement, le repos, & d'être
susceptible de toute sorte de configurations intérieures
& extérieures, ainsi que de mélange de différens principes matériels qui font les causes de l'action & de la

réaction des corps les uns fur les autres, & de tous
les phénomenes naturels & artificiels, pouvoit se
concilier avec quelques-unes des modifications de l'efprit ou de notre ame, dont nous venons de faire le dé-
tail, nous n'éprouverions pas une répugnance invincible à croire que la matiere est de la même nature que
l'efprit, & fusceptible des mêmes modifications : or,
nous fentons en nous-mêmes que la penfée, le difcernement, la liberté, la volonté, le fentiment de l'exiftence,
&c., ne peuvent fe lier avec aucune des propriétés que
nous pouvons remarquer dans la matiere. Faudroit-il,
pour plaire aux matérialistes, fonder & fuppofer cette
liaifon & cette identité fur d'autres propriétés de la matiere, qu'ils ne connoiffent pas mieux que nous, lorfque
toutes celles que nous en connoiffons, comme eux, ré-
pugnent à cette identité de nature & de modification ? Ce
feroit pouffer la complaifance un peu trop loin.

Mais ce qui prouve encore plus évidemment cette répugnance de rapports de l'efprit avec ceux de la matiere
que nous connoiffons, c'eft que, par notre efprit, nous
fommes métaphyfiquement certains de notre exiftence,
& que ce n'eft encore que par notre efprit que nous
ne fommes que phyfiquement certains de l'exiftence de
notre corps auquel notre efprit commande & le fait
mouvoir à volonté ; qu'ainfi n'étant certains que par la
voie de nos fens, de l'exiftence de notre corps, & d'a-
près les mêmes loix qui nous font rapporter l'exiftence
de notre image dans le fonds d'une glace, quoique cette
image ne puiffe exifter que dans notre ame ou notre
efprit, il feroit très-poffible que dieu n'eût établi en nous

que le sentiment de l'apparence de la matiere, sans en avoir établi ou formé la réalité.

Cette supposition est plus conséquente que celle de Locke, quand il a dit qu'il n'est pas impossible à dieu de donner à nos amas de pierre la faculté de penser ; car il ne s'ensuivroit pas que cette faculté de penser fût, dans cette supposition, de la même nature que celle de la pierre, comme elle n'est pas non plus dans l'homme, de la même nature que celle de son corps.

Ainsi, la conséquence la plus naturelle & la plus raisonnable qui pourroit résulter du choc des deux opinions, seroit qu'étant métaphysiquement certains de l'existence de notre ame ou de notre esprit, & n'étant certains que par la voie de nos sens, de l'existence de la matiere, il ne seroit pas impossible qu'elle n'existât pour nous, qu'en apparence, & que tout ce qui existe de matériel dans la nature, ne fût que des modifications de l'intelligence, de la puissance, de l'action infinies de dieu, sous les apparences de la matiere & de ses modifications, puisque nous n'avons besoin pour exister, que des impressions que nous croyons en recevoir, & que ces mêmes impressions, qui ne font que nous-mêmes, qui ne font que nous rendre témoins de notre existence, qui n'en font que les preuves, ne font point essentiellement liées à la réalité, ni à l'existence de la matiere, ni de ses modifications, qui nous font étrangeres ou hors de nous, & que par les mêmes raisons mathématiques, notre existence, ni ses modifications ne font point essentiellement liées non plus à la réalité de la matiere & de ses modifications, mais à leur apparence seulement.

DEMANDE.

Vous avez dit ailleurs que l'homme naiſſoit inſenſible, que ſa ſenſibilité ſe formoit & croiſſoit avec les organes de ſon corps : on remarque auſſi, que dans le ſommeil & dans beaucoup de maladies, le ſentiment de l'exiſtence ſe perd, s'affoiblit & finit, comme dans l'âge de caducité; ce qui prouve que notre ame ou notre eſprit s'affoiblit & finit, comme il ſe forme, croît & ſe fortifie avec notre corps.

RÉPONSE.

Ce n'eſt pas dans l'état d'inſenſibilité, ni dans la foibleſſe de l'homme naiſſant, ni dans les vices de ſa conſtitution phyſique & morale, qui n'operent que le malheur de ſa deſtinée préſente; comme ils peuvent être auſſi la cauſe du malheur de ſa deſtinée future, qu'on doit aller chercher des preuves pour ou contre ſa deſtinée future, mais bien plutôt dans les vertus de ſa conſtitution phyſique & morale, qui ſeules peuvent l'éclairer & lui faire connoître qu'il eſt ſuſceptible d'infiniment plus de perfection, de connoiſſance, de lumiere, de ſatisfaction, de jouiſſance & de bonheur qu'il ne peut s'en procurer dans cette vie paſſagere, qui n'eſt pour l'homme qu'un

M 3

combat continuel contre une infinité de caufes phyfiques & morales, qui troublent fans cefle fon repos, alterent les organes de fon corps, & finiffent par le détruire avant le terme (1).

(1) Si ce qui fert à la formation de notre efprit ou de notre ame, ne croiffoit pas avec ce qui fert à la forma-tion de notre corps, & dans de juftes proportions, il n'y en auroit pas non plus dans leur union, ni dans leur communication, les impreffions réciproques feroient trop fortes ou trop foibles, & deviendroient irrégulieres, leur commerce naturel feroit interrompu, comme cela eft arrivé très fouvent, par la maniere dont on éleve les enfans, & comme cela arrive plus généralement par toutes les fauffes & mauvaifes impreffions, par les fu-neftes habitudes & les excès de tous les genres, aux-quels l'ordre monftrueux, originairement établi par l'é-goïfme aveugle & féroce des plus forts, & rendu facré par les impoftures, les fourberies & les preftiges de l'é-goïfme également aveugle des plus fins & des plus rufés, a livré tout le genre humain; ce qui n'arriveroit pas, une fois que le véritable ordre moral & l'éducation fociale feroient en vigueur. *Non in depravatis, fed in iis quæ fecundùm naturam fe habent, confiderandum eft quid fit na-turale.* A:i:0

SECTION II.

DEMANDE.

QUELS rapports peuvent avoir la curiosité, le désir naturel de l'homme de connoître son origine & sa cause, de savoir ce que c'est que le soleil, les étoiles, ainsi que leur auteur, avec une destinée future pour lui, & avec la preuve qu'elle se réalisera ?

RÉPONSE.

Les mêmes que ceux du sentiment de son existence & de son désir de la conserver toujours.

DEMANDE.

Mais encore sur quoi fondez-vous ces rapports ?

RÉPONSE.

Sur ce que dieu n'a rien produit en vain, sur ce qu'il eût été inutile & même inquiétant pour l'homme que, se sentant susceptible de plus de connoissance, de plus de contemplation & d'ad-

M 4

miration qu'il ne peut en acquérir dans ce monde, dieu eût imprimé dans fa conftitution naturelle, cette curiofité , ce defir, s'il n'eût eu le deffein de les fatisfaire.

DEMANDE.

Pourquoi ce deffein ?

RÉPONSE.

Il doit être le même que celui pour lequel dieu a produit l'univers ou toute la nature.

DEMANDE.

Mais encore, quel eft-il ?

RÉPONSE.

Dieu n'a produit l'univers que pour fe contempler & jouir de lui-même dans la magnificence de fon ouvrage. Dieu n'a donc créé les êtres intelligens & fenfibles, avec un defir fans borne de connoître & d'admirer la magnificence de fes œuvres, que pour leur faire prendre part à fon bonheur, non pour un fi peu de temps & avec fi peu de moyens pour l'homme, que ceux de fa deftinée préfente, mais pour toujours, & par des moyens infiniment plus capables de combler fes defirs, puifque c'eft lui qui en a rendu la conſtitution de l'homme, ſon ouvrage, ſuſceptible.

DEMANDE.

Mais le deſſein de dieu ne ſe trouve-t-il pas accompli à l'égard de l'homme, par l'uſage que ce dernier peut faire de ſon intelligence & de ſa ſenſibilité naturelle pour s'élever à la conviction de l'exiſtence de dieu, le contempler, l'adorer & l'aimer pendant toute ſa vie ?

RÉPONSE.

Le deſſein de dieu, dans ce cas là même qui ne peut ſe réaliſer que dans le véritable ordre moral & l'éducation ſociale, ne ſe trouveroit accompli que pour la deſtinée préſente de l'homme, qui ne dure qu'un inſtant, & avec des moyens trop foibles & trop bornés pour ſatiſfaire pleinement ſon deſir ; mais non pour ſa deſtinée future, c'eſt-à-dire, pour toujours, & avec des moyens infiniment plus capables de combler ſon deſir.

DEMANDE.

Vous répondez à la queſtion par la queſtion ! comment prouver que le deſſein de dieu a été d'être connu, contemplé, adoré, aimé par

l'homme, après le terme de sa destinée présente
& pour toujours, ou éternellement.

RÉPONSE.

Le desir sans borne que l'homme en conçoit,
ou dont sa constitution naturelle le rend susceptible, en est la preuve, parce que dieu n'auroit
point fait naître ce desir dans l'homme, ou n'en
auroit pas rendu sa constitution naturelle susceptible, s'il n'eût eu le dessein, comme la puissance, de le réaliser & de l'effectuer (1).

(1) J'ajouterai que dieu n'a pas formé les intelligences
pour en éteindre le flambeau, mais bien mieux pour en
augmenter & perfectionner la lumiere par tous les
moyens de sa puissance & de ses bontés infinies.
L'homme voudroit imprimer le sceau de l'immorta-
lité sur tous les différens genres de ses productions: il
voudroit opérer, pour ses enfans, un bonheur au-dessus
de tous ceux dont il peut jouir lui-même : pourquoi l'auteur & le pere de la nature n'auroit-il pas la même volonté? Quel fruit le tout-puissant maître de l'univers auroit-il retiré de son plus bel ouvrage sur le globe terrestre, si, ayant formé l'homme si sensible, si curieux de
connoître son origine, les merveilles de la nature &
leur auteur, si susceptible de le contempler, de l'admirer, de l'adorer, de l'aimer & d'en faire son bonheur,
avec si peu de moyens de contenter son desir dans cette
vie, comme avec la liberté d'en abuser & de ne les faire
servir qu'à son malheur, ainsi qu'il l'a fait, en n'insti-

tuant, ne contemplant, n'admirant, n'adorant & n'aimant d'autre dieu que son égoïsme, son plus dangereux ennemi, l'artisan des malheurs de la terre, si, dis-je, ce tout-puissant maître de la nature & de l'homme, bornoit ses bontés & sa puissance infinies pour son plus bel ouvrage du globe terrestre, dans les miseres, les peines, les travaux, les soins, les dangers, & dans tous les maux de sa destinée présente ? Cette supposition répugne : elle est inconciliable avec la toute-puissance & l'infinie bonté de dieu qui ne peut opérer le malheur, comme l'égoïsme aveugle & insensé de l'homme, mais le bonheur, & dont l'essence n'est pas d'opérer pour le temps, comme celle de l'homme, mais pour l'éternité.

SECTION III.

DEMANDE.

QUELS rapports peuvent avoir les desirs de l'homme pour un bonheur dont il sent qu'il est susceptible, infiniment au-dessus de tous les bonheurs & de toutes les jouissances de cette vie passagere, avec la preuve d'une destinée plus heureuse après celle de cette vie passagere ?

RÉPONSE.

Les mêmes rapports que fa curiofité , fon en-
vie & fon defir naturels , mais très - impuiffans ,
de connoître fon origine , la nature & fon auteur , toutes les fois qu'il y réfléchit & qu'il en
contemple les merveilles.

DEMANDE.

Mais n'avez-vous pas dit au commencement ,
que le bonheur de l'homme confiftoit dans la
fanté du corps , la paix ou le contentement de
l'âme , & dans le néceffaire pour la vie la plus
frugale ? Or , il ne tient qu'à lui de fe procurer
ce bonheur.

RÉPONSE.

Cela eft vrai pour fa deftinée préfente , mais
non pour fa deftinée future. Le bonheur de la
deftinée préfente de l'homme fera l'ouvrage de
l'homme , & celui de fa deftinée future fera
l'ouvrage de la toute - puiffance & des bontés
infinies de dieu.

DEMANDE.

Mais s'il ne dépend que de l'homme de fe rendre heureux pendant cette vie mortelle , pourquoi prétendre à une deftinée plus heureufe

après sa mort , il ne lui en est point dû?

RÉPONSE.

(1) Je ne dis pas qu'il doivey prétendre ; je ne dis pas qu'il lui en soit dû ; je dis seulement que l'idée & la preuve de sa destinée pour un bonheur au-dessus de tous ceux qu'il peut se procurer dans cette vie passagere , par son travail, sont consignées dans sa constitution naturelle, en ce que ce ne peut être que dieu qui en ait imprimé le desir dans l'homme , son ouvrage , ou qui l'en ait rendu susceptible ; que par conséquent il doit être dans toute sa puissance & dans ses bontés infinies d'effectuer ce même desir , ainsi qu'on l'a démontré ci-dessus.

(1) Tout ce que nous appellons droit, prétention , dette , ne sont que des notions, des moralités & des conventions imaginées par l'égoïsme des hommes pour le maintien de l'ordre mercenaire, homicide & anti-social qui a dégradé, corrompu & anéanti le vrai principe de toutes les actions morales & sociales, qui est de n'opérer le bien que pour l'amour du bien , & de ne fuir le mal que par l'horreur du mal , sans aucune autre vue, ni motif, ni espoir de mérite ou de récompense. Nés sous la dépendance d'un dieu, notre cause premiere , & de la nature, notre cause seconde , nous devons leur rapporter tout ce que nous sommes , comme tout ce que nous faisons, sans quoi la chaîne qui nous

lie effentiellement à dieu & à la nature, pour notre bonheur, fe rompt & fe détache de nous, pour ne plus dépendre que de notre aveugle égoïfme, pour notre malheur ; comme quand nous venons au monde, le cordon
qui nous lioit à l'exiftence de notre mere, fe détache de
fes entrailles pour nous donner une exiftence féparée
de la fienne ; à cela près, que, comme repréfentans la
bienfaifante nature & fon ineffable auteur, notre mere
en répand fur nous les bienfaits pendant tout le temps
que nous vivons fous fa dépendance, au lieu qu'après
avoir rompu les liens qui nous tiennent attachés à dieu
& à la nature, pour ne dépendre que de notre égoïfme
aveugle & infenfé, nous ne pouvons plus avoir de regle
pour nous éclairer & nous conduire, que les égaremens
& les folies de notre égoïme, qui varient & qui fe
multiplient, ainfi que nos miferes & nos malheurs qui
en font les effets inévitables, quelques loix qu'on ait
imaginées ou qu'on puiffe imaginer pour y mettre un
frein, tant que l'ordre mercenaire, homicide & anti-focial qui n'établit que l'intérêt du mal, fubfiftera ; &
tant que le véritable ordre moral & l'éducation fociale,
qui n'établiront que l'intérêt & l'amour du bien, ne feront
point en activité.

SECTION IV.

DEMANDE.

QUELS rapports peuvent avoir la liberté de l'homme, sa volonté, son pouvoir, sa conscience, son égoïsme, son orgueil, son ambition & ses passions naturelles, avec la preuve d'une destinée future ?

RÉPONSE.

Les mêmes rapports qu'avec sa destinée présente, dont il ne peut se rendre digne ou indigne, que par le bon ou le mauvais emploi de tous ces moyens naturels.

DEMANDE.

Qu'entendez-vous par liberté ?

RÉPONSE.

C'est le terme pour exprimer l'idée de cette faculté de notre ame, qui nous établit maîtres de nos actions.

DEMANDE.

Qu'entendez-vous par pouvoir ?

RÉPONSE.

C'eft le terme pour exprimer l'idée des moyens que la nature & fon auteur ont mis en nous & hors de nous , pour exécuter ou faire exécuter les actes de notre volonté.

DEMANDE.

Qu'entendez-vous par volonté ?

RÉPONSE.

C'eft le terme pour exprimer l'idée de cette faculté de notre ame , qui commande , qui détermine les actes qui dépendent de notre liberté & de notre pouvoir naturels, qui nous fait defirer auffi , pour l'amour de nous , les actes qui dépendent du pouvoir & de la liberté d'autrui.

DEMANDE.

Qu'entendez-vous par confcience ?

RÉPONSE.

C'eft le terme pour exprimer l'idée de cette faculté de notre ame qui nous rend témoins, qui prononce ,

prononce, qui juge fur tout ce qui s'opere en nous & hors de nous.

DEMANDE.

Qu'entendez-vous par égoïfme ?

RÉPONSE.

J'entends par égoïfme cet amour de nous-mêmes, qui détermine notre volonté à ne faire ufage de notre force ou pouvoir, que pour notre fatisfaction perfonnelle.

DEMANDE.

Qu'entendez - vous par orgueil, ambition & les autres paffions naturelles de l'homme ?

RÉPONSE.

J'entends exprimer toutes les différentes affections dont dieu & la nature nous ont rendus fufceptibles, afin de mettre en activité toutes les facultés de notre ame & de notre corps.

DEMANDE.

Quel eft l'effet de la liberté ?

RÉPONSE.

C'eft de nous faire mériter ou démériter.

N

DEMANDE.

Quel est l'effet du pouvoir ?

RÉPONSE.

C'est d'exécuter ou de faire exécuter ce que nous voulons qu'il soit fait, en bien ou en mal.

DEMANDE.

Quel est l'effet de la volonté ?

RÉPONSE.

C'est de bien ou mal juger, ordonner & commander.

DEMANDE.

Quel est l'effet de la conscience ?

RÉPONSE.

C'est de nous constituer en bonne ou en mauvaise foi, sur l'usage de notre liberté, de notre volonté & de notre force ou pouvoir.

DEMANDE.

Quel est l'effet de l'égoïsme ?

RÉPONSE.

C'est de n'employer toutes les facultés de notre

ame & de notre corps , que pour nous fatisfaire.

DEMANDE.

Quels font les effets de l'orgueil , de l'ambition & des autres paffions de l'homme ?

RÉPONSE.

C'eft de lui faire chercher fon bonheur dans
des chimeres & les égaremens de fon égoïfme.

DEMANDE.

Quels rapports peuvent avoir ces caufes &
leurs effets , que l'on remarque dans la conftitution naturelle de l'homme , avec la preuve d'une
deftinée future pour lui ?

RÉPONSE.

C'eft que , comme on l'a déjà fait remarquer,
l'homme ne peut fe rendre digne de fa deftinée
préfente , qu'autant qu'il triomphe de fon égoïfme
& de la violence de fes paffions , ainfi qu'il en
a le pouvoir & la liberté , & que s'en étant
rendu l'efclave & la victime , par une fuite de fa
conftitution naturelle , la condition de l'homme
feroit moins défirable que celle des êtres infenfi-
bles , comme les pierres , & beaucoup moins
heureufe que celle des brutes , fi dieu ne réali-

soit de son existence que les peines & les travaux de ses combats continuels pour triompher de son égoïsme aveugle & insatiable, ainsi que des attraits de son orgueil, de son ambition & de la violence de ses autres passions, ou si dieu ne réalisoit que le malheur de s'en être rendu l'esclave & la victime.

DEMANDE.

Mais s'il est vrai que les hommes se soient rendus indignes de leur destinée présente, sur quoi fonder leur mérite pour le bonheur d'une destinée future ?

RÉPONSE.

Sur ce que ce ne peut pas être dieu qui ait souffert de tant d'égaremens, ni qui puisse en être offensé ; ce ne sont que les hommes : ils n'en sont donc que plus malheureux & plus à plaindre : ce seroit donc ajouter au malheur de leur existence & de leur condition naturelle, ainsi qu'au reproche qu'il y auroit à faire à leur auteur, que de penser & de croire qu'ils en seront abandonnés, ou même plus punis & plus tourmentés, après leur mort.

DEMANDE.

Les hommes n'ont donc pu se rendre coupables envers dieu ?

RÉPONSE.

On a répondu à cette demande dans le premier chapitre de cette troisieme partie (1).

(1) On ajoutera que dieu ayant donné la liberté, le pouvoir, la volonté, avec plus de moyens de nous séparer de lui que de nous en rapprocher, il est très-évident que c'est par une suite de notre constitution naturelle, dont il est lui seul l'auteur & l'artisan, que nous sommes plus inclinés à nous rendre malheureux dans cette vie, & que c'est moins là une raison de justice pour nous anéantir ou nous punir après notre mort, que pour nous dédommager, en nous rendant plus heureux qu'on ne peut l'être dans cette vie.

DEMANDE.

Mais s'il n'est pas possible d'offenser dieu, les hommes seront également dignes de leur destinée future ?

RÉPONSE.

Cela doit être, à moins qu'il n'y ait des vices dans leur constitution naturelle, qui rendent inutiles pour eux, la puissance & les bontés infinies de dieu, comme font les monstres qui tiennent plus à l'espece des brutes , qu'à l'espece humaine.

SECTION V.

DEMANDE.

QUELS rapports peuvent avoir la douleur, le regret, le repentir, le desir & le pouvoir de s'amender, jusqu'aux derniers instans de sa vie, avec la preuve d'une destinée future pour l'homme?

RÉPONSE.

Ce sont les dernieres ressources que les bontés infinies de dieu, ont ménagées dans notre constitution naturelle, afin de réparer, vis-à-vis de nous-mêmes & de nos semblables, les malheurs de notre destinée présente, & pour nous rendre dignes de notre destinée future (1).

(1) Rien n'est plus capable de nous éclairer sur les miseres de cette vie passagere, de nous en faire apprécier, à leur juste valeur, les chimeres & les fausses jouissances, comme aussi de nous éclairer sur la nécessité d'étouffer l'ordre mercenaire, homicide & anti-social, qui n'engendre ni ne peut engendrer que l'intérêt du mal moral qui nous a séparés de dieu & de la nature,

pour ne nous faire dépendre que de notre égoïsme aveugle & féroce, ainsi que fur la néceffité de l'établiffement
du véritable ordre moral & de l'éducation fociale qui
ne produiront, ni ne pourront produire que l'intérêt &
l'amour du vrai bien moral, que les retours fur nous-
mêmes, dans ces derniers inftans de notre vie, que ces
fentimens de douleur, de regret, de repentir de n'avoir
fait ufage des facultés de notre ame & de notre corps
que pour notre malheur & celui de nos femblables. Ceux
qui, dans ces derniers inftans, ne font pas fufceptibles
de ces retours ni de ces fentimens, ne font pas des hommes, mais des monftres. *Quorum interitus, ficut interitus
jumentorum.*

DEMANDE.

Il n'y aura donc pas de peine pour les méchans,
après leur mort?

RÉPONSE.

Il ne peut pas y avoir de méchant pour dieu ;
il ne peut y avoir de méchant que pour les hommes : il n'y en auroit pas non plus pour les hommes, fi, à la place de l'ordre mercenaire, homicide & anti-focial, qui n'établit que l'intérêt du
mal, & qui par conféquent ne peut engendrer
que des méchans, il exiftoit un ordre & une
éducation qui n'établiroient que l'intérêt & l'a-
mour du bien, & qui ne pourroient par conféquent engendrer que des hommes bons (1).

(1) Qu'on l'établiffe donc, cet ordre & cette éduca-

N 4

tion. Le bien n'eft pas plus difficile que le mal , au con=traire ; une fois que nos enfans en auront contracté la connoiffance, la pratique , l'amour & l'habitude , ils feront affranchis, de même que les races futures , d'un dédale de loix qui n'operent que la confufion , l'embarras, la mifere & la ruine des peuples, ainfi que de l'horreur des fupplices inventés & établis vainement dans cette vie & dans l'autre , pour les contenir.

Il faut bien fe garder de croire que ce foit à titre de mérite ou de récompenfe , que le bonheur de notre deftinée future fe réalifera , mais feulement par un effet de la puiffance & des bontés infinies de dieu, qui en a configné les preuves dans notre conftitution naturelle ; car pour de mérite ou de récompenfe, notre effence nous en rend infiniment incapables & indignes auprès de cet être infini ; ainfi qu'on l'a déjà fait remarquer dans le cours de cet ouvrage : il ne peut y avoir de mérite pour l'homme , ni de moyens d'en acquérir, que dans dieu & auprès de dieu, auquel nous devons rapporter tout ce que nous fommes & tout ce que nous faifons, par la raifon que tout appartient effentiellement à lui , & qu'il doit en être auffi la fin. Ce feroit s'ériger en dieu, comme les fous ou les convulfionnaires qu'on renferme à Saint-Médard ou à Charenton, que de croire que quelque chofe nous appartient , que nous avons quelque mérite , quelque droit de nous en prévaloir; ce qui n'eft que trop malheureufement arrivé , au plus grand détriment du genre humain , depuis que , par une fuite des égaremens de notre égoïfme infenfé, notre orgueil, notre avidité, notre ambition & nos autres paffions naturelles ont méconnu & rompu

les liens qui nous tiennent naturellement & essentiellement attachés à dieu , comme notre cause premiere , &
à la nature , comme notre cause seconde , & que nous
n'avons institué , élevé , contemplé , adoré , admiré &
aimé d'autre dieu, pour nous éclairer, ni consulté d'autre
nature , pour nous conduire , que notre égoïsme
aveugle & insatiable qu'il auroit fallu dompter ,
étouffer & ne diriger que vers le bonheur de nos semblables. Ce qui fait que , depuis cette époque, le globe
terrestre n'est plus , pour nous, qu'un cimetiere d'erreur,
d'imposture , de prestige, de fraude , d'avilissement,
d'injustice , de misere & de malheur dans lequel nous
sommes comme ensevelis depuis tant de siecles , & qu'il
ne peut y avoir de véritable bonheur pour nous,
qu'après que , par nos efforts & le triomphe des lumieres acquises par l'étude de la nature & l'expérience de
tous les siecles , nous aurons rétabli les liens de notre
dépendance avec les vrais principes, les seuls auteurs &
la fin de notre existence, laquelle doit être le premier
nombre connu que nous devons prendre pour parvenir
à la connoissance de tous les nombres à connoître, afin
d'établir mathématiquement nos rapports naturels &
essentiels avec les êtres environnans & avec le principe
universel, en remontant par les causes visibles & sensibles à la cause générale & invisible. Sans cela il est
impossible de nous faire des regles sûres , soit pour nous
éclairer, soit pour nous conduire.

CONCLUSION.

On a démontré que, dans l'ordre phyſique, les loix ne ſont que les impulſions naturelles qui déterminent tous les êtres à ſe claſſer, à s'arranger & à ſe mouvoir de façon à remplir les fonctions relatives à leur conſervation & à leur reproduction, les uns par les autres; les loix, dans l'ordre moral, ne peuvent donc être que les impulſions qui déterminent les hommes à ſe claſſer, à s'arranger & à agir de façon à ſe conſerver, à ſe perpétuer & à ſe rendre heureux les uns par les autres.

Il eſt donc impoſſible qu'il y ait des loix ſociales ou morales, ſans une éducation qui en faſſe contracter la connoiſſance, la pratique, l'amour & l'habitude, ſeuls moyens capables d'opérer ces mêmes impulſions : les ſujets ou membres des ſociétés qui n'en ſeroient pas ſuſceptibles, ce qui ſera très-rare, ne pourront être regardés que comme naturellement vicieux, inſociables & traités comme tels pour la ſûreté générale & individuelle des ſociétés humaines (1).

(1) Solon répondit à l'aſſemblée des ſept Sages de Grece, que le meilleur gouvernement étoit celui où

une injure faite à un feul, étoit une injuftice faite à
tous; & moi je dis que le meilleur ou le feul véritable
gouvernement eft celui où les hommes font éclairés,
conftitués, claffés, dirigés & habitués de façon que ce
qu'on entend par injure ou injuftice, foit moralement
impoffible, ce qui le fera infailliblement auffi, dans tous
les gouvernemens, une fois que le véritable ordre moral
& l'éducation fociale que je propofe, auront pris racine,
finon pour la génération préfente, à caufe qu'elle eft
trop acoquinée à fes illufions & à fes chimeres, fources
intariffables d'injuftice, d'injure & de malheur, du
moins pour l'inaltérable félicité des races futures.

Puiffent mes vœux & mes foibles efforts intéreffer
toutes les volontés, toutes les puiffances, toutes les lumieres, tous les talens, toute l'induftrie & tous les
travaux des hommes, à fe réunir, afin d'opérer la révo-
lution la plus heureufe pour les générations futures, la
plus glorieufe pour la génération préfente, la plus mémorable, la plus capable de faire adorer & chérir à jamais de tout l'univers l'augufte monarque qui aura pofé
la première pierre de l'édifice du bonheur du genre humain.

Fac, deus, ut tandem reges populique fequantur
Quæ natura docet fieri, & tu conditor orbis,
Vis inimica fuit, fraufque impia, regula mundi.
Cur falfis miferi nolint vero effe beati.

F I N.

TABLE
DES CHAPITRES.

PREMIERE PARTIE.

SECONDE PARTIE.

De l'Homme en général.

TROISIEME PARTIE.

De Dieu.

Fin de la Table des chapitres.

www.ingramcontent.com/pod-product-compliance
Lightning Source LLC
Chambersburg PA
CBHW051826020726
47502CB00005B/1652